万物是你

天涯 著

宁波出版社

1.

此刻,红尘停止喧嚣。

我的嘴角浮起温婉的笑,眉宇间暗藏的风情,可以点燃一棵树的寂寞。

霞光里的男子,让我有似曾相识的恍惚。沉寂的记忆浮出水面,追踪溯源至神秘的岸,我看到你的身影与夕阳一起走向梦中桃林。

静水流深,谁能透过生活的表层获知人生真相?

初见,花开正好。

爱在刹那间萌芽,在一个又一个午夜生长。

我看到另一个自己在交错的时空里轻舞飞扬。前世,不再是遥不可及的传说。千言万语化作月下箫音、黎明笛声。旋转,旋转成时光幻影,只想告诉你,所有的相遇都是久别重逢。

有天籁之音传来,从金戈铁马到烟雨江南,无数虚拟的形象里有一颗相同的初心。

让爱回归爱,让情回归情,让我回到出发的地方,等待。

等你从人群中走来,微笑着对我说,我们好像在哪里见过。

2.

　　风度翩翩的少年,我是你年方二八的娇娘。

　　春天的桃树下,你我共读西厢,青春的脸庞让桃花黯然失色。夏日的夜晚,让我为你斟一杯美酒,对月当歌。秋阳余晖里,一起探秘红楼的木石前盟。寒冬腊月,我是你怀里冬眠的小兽,在你胸口,留一道深深的齿印。

　　当你策马江湖,我是你随身携带的那把宝剑,削铁如泥,又锋芒内敛。你归隐山林,我就是你南山悠然,松涛的清音。你若沦落为尘,我就是那朵在尘埃里怒放的花。

　　封闭的心门被重新打开,所有的芬芳只为你弥散。

　　进来吧,我爱,庭院已清扫干净。踏着晨曦,我采松枝为柴,收雨露为水,煮一壶花茶,等你。灶间,那一罐用草木灰煨就的白粥已经浓稠。

　　旷野空寂,黄鹂鸟在树枝上婉转轻啼。

3.

一棵只为你开花的树,独立峻山之巅,朝开暮谢。

蒙尘的命运,被神秘之手擦亮,焕发异彩。

雷声响起,土地在等夏日那一场豪雨欢天喜地而来。

这是爱的盛宴,浩荡,抚平陈年的创伤。

我曾无数次祈祷上苍,赐我缺失的另一半。我是他遗失的那根肋骨呵,交给他,给他以圆满。

岁岁年年,我的等待都是虚无,我的期望都是水中月影,我的向往都无法落地,我只能在纸上虚构与你相爱的情节。当你终于以鹰的雄姿划过天宇,我甘愿禅让君王的宝座,臣服于你爱的统治。

拿去吧,我的爱人!那矿藏丰富的高山,激流恣意的飞瀑,闪烁夜空的星辰,四季的花朵与果实,还有我的流年。

就这样爱你,在每根骨头上刻下你的名字,让我不再害怕别离,那是我们生生世世相认的标记!

4.

沉睡的峡谷,被一缕天光唤醒。

有生命从岩石的缝隙里挣扎而出,呐喊。无人知晓我经历了怎样的疼痛,才涅槃成蝶,在黑暗尽头翩飞。

露珠在黎明前凝聚,我忘了巫师的警告,不要离太阳太近,高温烈焰会灼伤飞翔的翅膀,可我又如何能抗拒灵魂的牵引?

就这样献上剔透的晶莹,这是我修炼千年的情。

明天,风雨未知。

一句"我愿意",足以抵御世间所有霜雪。从一个轮回走向另一个轮回,我是树,是云,是风,是幻化的魅影,唯有爱你的心不变。

千里之外,粉色曼陀罗花给我神秘暗示,线索埋在古旧书籍里。

一念生,缘起。

海浪呼啸而来,气吞山河。它想带走什么,又能留下什么？沙滩上，一个女子在奔跑、跳跃，眸间有星光闪耀。

她在等你，等你轻声说：我爱！

5.

暮色降临,空气里有草木的清香。

燥热还没有散去,我的窗户敞开着,晚风随意地进出。它喜欢拨弄我的长发,这也是一种挑逗。

我不去理会,凝神静心,手执毛笔,在宣纸上写下一个字:愛!

有心的爱,是我渴求的。

这个字,我练了很多遍,终于知道哪里才是心正确的位置。

酷暑时节,树木有浓郁的绿,似乎随时都会滴下绿汁来。这样的天气最容易让人浮躁,可只要想到你,我的心就变得安宁。舒缓的意韵,绕指的柔情,吸引我一步步走近。

无处逃逸呵,就这样被你囚禁,被爱宣判为无期徒刑。

相思是一种病,你是唯一的良药,此病终生难愈。

站在红尘深处爱你,你是第一个让我渴望走进现实的人,用心触摸生活的粗粝和温暖。繁花过后,我要为你洗尽铅华,回归自然。

6.

一池青莲在夕阳的浮光里恬静。

也许是怕惊扰这高贵的圣洁,连风都收起轻浮的嬉笑,变得庄重起来。

谁在低吟"彼泽之陂,有蒲与荷。有美一人,伤如之何"?

我爱,你已忘了,我曾是你腕下错过的那一朵青莲。

那一日,你坐在船头饮酒吟诗,醉意朦胧。你的目光被一朵莲吸引,想伸手去摘,却又迟迟没有落下。当你上岸,我记住你玉树临风的身影,而你在转身的那刻,已不识我的红颜。

想象在漫游,无边无际。

看,一只蜜蜂在寻找花的娇唇。

夜吹着口哨,与我擦肩而过,它撞了下前方的山谷,一轮圆月冉冉升起。皎洁的月呵,掩盖污浊,让大地变得清明。当我终于迎来你目光的眷顾,你可听到花蕾喜悦绽放的声音?

7.

你以爱为器,打破我心的禁锢。

压抑的情感被一声苇笛瓦解,再也无法将它束缚在狭小的空间。江河纵横,我在水的倒影里读你。

有蝶迷失花径,只为寻找苦涩背后的甜。你的世界于我是新奇,我需要你的引导,才能避免误入歧途。

荒原,一棵树孤傲独立。而另一棵树突破阻隔,朝着你的方向,努力伸展身姿。

当树根与树根在地底交织,一荣俱荣,一衰俱衰。

一个梦种下,就有无数个梦被惊醒。

"你是谁?"

"我是你失散于战乱的爱人。"

月色朦胧,美丽的小妖跳着欢快的舞步,铃铛清脆,一地玫瑰在风中纷飞。

爱,在回首时孕育,离别时抽枝。

8.

咫尺天涯是现实,天涯咫尺是心灵。

当爱俘虏了两颗孤独的心,诗就从生活的瓦砾中突围而出,那些温暖的词汇在跳跃、聚合、凝结。

你说,你如此快乐,因为爱的来临。

多么滚烫,比盛夏的骄阳还要炙热。

需要冷却一下吗?不,我需要这沸腾的爱,消融半生的寒。

胸腔里,有太多的话在碰撞,它们想找一个缺口,可以活泼泼地涌向你。你占领我的疆土,夜行千里。马蹄所到之处,满目朝气。我早已无路可退,除了爱你,还是爱你。

舍不得醒来,梦里有你的身影;又急切地盼着天亮,这样我就可以站在草地上,看你披着霞光走来。因为有你,曾经的伤痛酿成甘洌的酒,让我一醉方休。

在这纷繁的人世,唯有你,才是我情感最后的皈依。

9.

我的目光穿山越岭,只为你而来。

爱无垠,情已漫出边界。

我身中爱情奇毒,深入骨髓的想念让毒性不停发作。疼痛与欢畅,爱与被爱,让枯萎的心复活,抽出鲜嫩的叶。

在虚拟的场景里,我与你走过晨昏,携手四季。我不曾缺席你人生重要的节点,你也从未离开我的视野。我们是两棵共生的树,相互依赖,又各自独立。

我要给你今生最难忘的爱情,让灵魂在爱的路上丰厚充盈。

当小鸟飞过窗棂,我的爱人已苏醒,他的唇间还残留我偷吻过的痕迹。

我爱,再多的言辞也无法表达这颗爱你的心。不要问我缘起何时,爱一个人不需要理由。若非要说,那就是在三世之前,你我有未曾了却的情缘。

10.

爱,是世上最动人的词,让绝望变希望,让美好更美好。

流浪一城又一城,我是寂寞的歌者,无人停下匆促的步履,聆听我心灵的歌吟。

无数个夜晚,我用笔描绘你的样子,用文字塑造骨骼与血肉,把情感倾注到你身上。你在我心里一天比一天清晰,但我知道,你紧闭的双眼需要某一个缘的契机。

等你的时光里,我历经沧桑,看破人世真相,却依然心怀热爱。那是寻找你的动力。

你来了,我灵魂的知己,自带光环照亮我前方的路。从此,风雨阳光,我只与你同行。原来,我曾跋涉的那些坎坷,黑暗中的哭泣,是为了成就最好的自己,遇见你。

我是一个幸运的女子。虽然苍天让我以磨难为代价,来换取与你的邂逅,但我仍以额叩地,感恩他的仁慈。

11.

自从有了你,我的梦就变得缤纷起来。

在梦里,我们相伴,看高山下的湖泊,有成对鸳鸯在嬉戏。四周肃静,连空气都稀薄起来,只有你我的呼吸。你掌控着我心跳的频率,看我在你面前害羞的样子,眼波里荡漾着爱意。

突然场景转换。大片的蓝花花在草原集体开放,我躲在花丛里,等你的马蹄响起,而明月高悬苍穹。

天亮了,去晨风里的田野,我在每片玉米叶上写下一个字。谁若有心收集,会察觉这是一首寓意丰富的诗,暗藏着我对你深深的眷恋。

你是我难以割舍的牵挂。漂泊的云朵,奔涌的江海,蔓生的花草,因为你而妩媚多姿。你是我命定的爱人,前生未了的情,幻化成今世神秘的缘,我的心因你而境移。

遥望历史长河,几多准备只为了成全当下的完美。

12.

你开启我激情的闸门,让爱一泻千里,奔向你的海域。壮观呵,那一路汹涌的波涛,席卷迷人的花香。

会留下什么吗?大地微笑不语。

我在听树枝上的蝉鸣,何时这恼人的噪音竟变得悦耳起来?酷热的风也不那么令人烦躁了,心出奇地安静。我知道,这一切都跟你有关。

最喜欢有月的夜晚,我可以发出请求,请月把我带到你的床前,在你唇上偷偷一吻。等天明,你会不会惊讶唇间那隐约的甘甜?

在你面前,我无法掩饰内心真实的欢欣。每个细胞都在快速裂变、成长,脱胎换骨。

我爱,我终于活成了自己想要的模样,这也是你最真切的心愿。

为你写下一行行真实的心语,这是我要回赠给你的。请收下这颗心,与你相印。

13.

借口去河边,其实我在等你。

那里有很多无名的野花,细小,柔嫩的黄。蹲下身与它们对话,问它们可知晓你的去向。野花摇摇头,说没看到你出现。

没有你的音讯,我像一条被遗忘在沙滩上的鱼,等再一次涨潮或一双手把我拾起,放归大海。

好想变成你的枕边书,在你困惑的时候,也许书中的某句话能给你启迪。抑或变成一支钢笔,被你轻轻握在手心,这样我就能从字里行间读你的心事。

落日黄昏,我站在村口,一次次张望,没有邮差,也没有风的信使。我爱,如果我的歌声让云雀停止鸣唱,让白云不再漫游,你是不是就跟着我一起浪迹天涯?

心坚定,情感之舟就不会四处漂泊,爱是定海神针。当你敞开心扉迎接我的到来,我会给你梦想的月白风清。

14.

我的万千思绪都跟你有关,理不清,斩不断。

这些思绪有时纠缠在一起,有时又各自发散。我已放弃修剪的想法,任它们藤蔓似的自由疯长。你只管欣赏就好,无论开花还是结果,都是你的。

你一直是我的一个梦,我早已在梦里爱你千回。只要有爱,再苦也不算苦;倘若有,那也是别样的滋味。

我在白天每做一件事,就会不自觉地把你联系在一起,好像你就是网络,随时随地都处于在线状态。到了夜晚,你就更加具体,我的这些自言自语,你都能听到。我的心从不曾这样明确地爱你。

有很多话我不能直接说出口,只能通过季节的变化,暗示每朵花不会无缘无故开放,你与我也不会无缘无故相逢。

祈望有一天能与你徜徉在山水之间,当我回眸一笑,你看到我失落已久的青春再次回归。

15.

我是如此迷恋,迷恋你温柔眼神里的火星。一粒,就可以让大片枯草燃烧,得以新生。

曾经,我被霜雪重压,似枯木,盼逢春的生机。

春天在哪里?没有人肯告诉我。我只能努力挣扎,想与命运博弈。

这一条早已设置好的路,却因你的出现而改变了方向。从此,沿途有了不同于往昔的景致,让我一次次怀疑前半生的经历,有多少真实的成分。

相信美好,就会遇见美好。我在追忆、捡拾、粘贴、复原爱情的样本。又在夜与昼的交界处,书写新的剧情。

人生最幸福的事莫过于遇见一个相知相爱的人,让我们牵手,前往神秘的迷宫。传说中的巫女,挥舞手中的魔杖,答应实现我心中的三个愿望。我在每个愿望的前缀处都写上你的名字,这是我最想给予你的祝福。

16.

我要慢慢爱你,像过去的时光,用马车送信,用铜锁锁门,爱一个人需要一生。

请慢些走,不要急着赶路,我们要学会停留,感知心的每一次脉动。

穿行城市与乡村,我的目光在高楼和分割的田野之间流连,沉思。这也是一种占领。当乡镇城市化,童年的影像越来越模糊。

在现实的海里沉浮,爱迸发出不可思议的能量,摧毁重重阻碍。踏过荆棘的双脚,无惧夜的漫长。

去花市买一束紫罗兰,用清水净养。这代表着"永恒的美与爱,质朴、美德、盛夏清凉"的花,开得如此热闹,它不在乎盛极之后的衰败,这是我喜欢的态度。

我爱,你不是我纸上的幻象,我的耳朵能听到你说话的声音。伸出手,就能抚摸你的脸。当我的红唇在你的唇上盖下爱的印章,我已收获动人的诗篇。

12.

天空,云白得耀眼,心中有爱的人,看世间万物皆有情有义。

我要成为你胸口的一粒红痣,微小,根却长在心脏。谁若想残忍剥离,那便是剜心的痛。你总是笑我天真,像没浸过染缸的孩子,不谙江湖险恶。

这个七月,你似舒爽的晚风,拂过我的心湖。湖面波澜不惊,湖底却暗流涌动,那里藏着我爱你的秘密。当你经过,我会悄悄跟着你,让你的梦荡起漪涟。

你是我今生最美的相遇,有你,爱就有了宽度与深度。你让我成为天地间最富裕的女子,翻手千里风云,覆手万里江山。

我是流落凡间的天使,隐蔽真实身份。谁能读懂我灵魂的哀伤,谁就是我苦苦寻觅的那个人。

泅渡苍茫的海,我认出了你,你爱上了我。

一眼,就是一生。

18.

你顶着烈日,跋涉于荒无人烟的沙漠,焦渴困顿。四野苍茫,何处是希望的绿洲?

我在彼岸的河滩上,栽树种草,一刻不停。我知道,当你绝望无助的时候,这绿就能给你信心和勇气。

总想为你做点什么,可又怕给予你的,并非是你内心所求。没有可以借鉴的经验,也不知该向谁求助,我只会捧着这颗真心,用最笨拙的方式爱你。

我爱,我把拥有你的每分每秒都视为上苍的恩赐。逝水年华,你就是我的刻骨铭心。

一只长着锋利牙齿的小虫,日夜撕咬我,留下无数小孔,等你甜蜜的吻填满。

你从没有见过我青春的魅影,没有见过我那双明亮的眼睛。红唇犹如初绽的花瓣,朝着太阳的方向。

就这样永远地错过,这是一件多么遗憾的事!

19.

积蓄千年的情潮,在某个夜晚冲破堤坝,欢腾而去。

这是一个令人震撼的场面。

压抑。忧伤。灰暗。痛苦。昔日的旧我在爱上你的那一刻消失,新我降临。

一切都是新的。我的容颜、身体、思想、情感与心灵。这新,带着奇幻的色彩。

站在岁月堤岸,打捞爱你的情愫。炽烈的语言,让我像个高烧病人,只有你宽厚的胸膛才能暂时止住我的梦呓。我一天比一天更爱你,心的走向,就是爱的方位。

你与我的呼吸同在,一旦停止,我就像那朵被抛弃在角落的花,萎靡低垂,只有爱的雨露才能让我恢复活力。凡尘遍地都是伪装的陷阱,当你破除迷障,你会听到一个女子在星空下祈告。她说:"爱你,是我的宿命。"

20.

爱,是一个永远都不会老去的字。

在庸常的生活背后,爱鲜嫩如初生的朝阳,抚慰每一颗伤痕累累的心。

你从没有给过我许诺,我也从没有过企求,可我如此坚信,爱就在你我之间。

朱门重锁的心扉,只有你掌握了进入的密码。

就这样毫无保留地爱你,坦荡,没有遮掩。是你让我明白,真正的爱就是喜悦和成全。

曾经,我是个失败的编剧,既编不出精彩的故事,又把现实那台戏演得支离破碎。今天,我终于醒悟,为什么在那个寒冷冬日,剧情会如此峰回路转。

对于最复杂的问题,用最简单的方法解答。从我爱上你的那刻起,我就毫不吝啬自己的拥有,而爱也如我所愿,滋养我的生命。

21.

夜幕降临,城市渐渐转入另一种喧哗。

躲在乡村角落,我在一张泛黄的纸张上阅读自己年少时写下的诗句。稚嫩的笔迹,心,却玲珑透明。

在那些诗句里,我读到了对未来的憧憬,深信爱可以治愈现世所有的伤口。我可以抛弃一切,唯独爱不可辜负。

就这样趁着夜色,让我回到年轻的渡口,江面波光粼粼,众人手握船票,等一艘迟到的客船。

当你经过我身旁,我飞扬的黑发让你不经意回眸:素颜,似曾相识的妩媚。

迎着你的目光,我微笑着问候你别来无恙。

你回答:一切安好!

船来了,我们一起看夕阳点燃冰冷的海水,那是一种无法形容的壮观。坐在船头,任光影剪辑出温馨。当我们相拥,情的电流在体内快速通过,而爱神在我的额头点下来世的朱红。

22.

夜深人静的时候,适合思考。

人生是一盘棋,错一子就全盘皆输。

我在复盘,找寻失败的缘由。

昔日,当我面对错综复杂的棋局时,非理性分析,闭眼用一枚硬币做决定。曾经的坦途转向崎岖泥泞,我忘了,在松开命运缰绳的瞬间,格局已经变动。

回想跌落暗无天日的谷底,抑郁深不可测,我以为就此沉沦,再也无法呼吸清新空气。

在我即将窒息之际,有声音命令我站起来,它说我还有使命,绝不可轻易言弃。

我问它,我的使命是什么。空中没有回音。

走过一季又一季,直到你出现在那里。我的双眼瞬时明亮,雾霾消散,天地一片安详。

23.

当无题变成有题,恋歌有了甜柔的清音,带着暖色,铺开,一望无际。

经过漫长的引子,正戏终于上演。翻开剧本,你是唯一的主角,所有的情节都围绕你展开。我是你钦定的编剧,与你共同书写经典。为此,我成为勤奋的书写者,不愿浪费一点时间。

当爱有了不可测量的温度,万年积雪,悄悄融化,有溪流蜿蜒千里。

我在想你,想你眉间郁积的沧桑,那里有撕裂的疼痛。想你洞察世事的睿智,隐藏犀利,为了能更清楚地明辨是非。这是一项甜蜜的事业,我愿为之奋斗终生。

我不知你何时到来,一条只为你铺设的花径早已生机盎然。我要为你斟满琼浆,与你同饮。当我举起这杯爱情甜酒,我愿长醉不醒。

24.

我的生命挣脱了无形的枷锁,在空中飞翔,如此固执地想要寻找什么,仿佛只有这样,一切才有意义。

这东西在心里很清楚,可嘴上却难以说清。

是你让我变成丰沛的山泉,在夜晚酝酿,在黎明喷发。你若需要,可以随时弯下腰,掬一捧清凉的甘甜。

新的一天开始了,我在梳妆,等旭日君临。倘若没有,那就看南来北往的云,那里有你的影像。

请到我的身边来,我会告诉你,我的心怎样依偎着你的心。埋藏在地下的苦难已变成养分,连野草都为我们欢呼。

相爱,令升华的精神到达天庭。

当暮色渐临,你在聆听云彩最后的演说,没发现这徐徐下沉的夕阳有什么特别。我忘了告诉你,它是我最忠实的仆人,奉命给你带去无限温情。

25.

我们曾经有过几世的重逢?无论相遇还是别离,离不开缘深缘浅,为何心还如此戚戚?

谁在说,生活似洋葱,总有一瓣会让你泪流满面?

在我的遐想里,已记不清与你共赏了多少个春花秋月。那些温暖的细碎,弥补了现实的空缺。

我用半生光阴去寻找你。没有我的日子里,不知你会不会突然从梦中惊醒?梦里有个蒙着面纱的女子,只露出一双美丽的凤眼,她的眼神里有淡淡的忧愁,莫名的痛楚袭上你的心头。

当你出现在我面前,你的后半生有我定格的温柔注目。多么宝贵的时间,爱你都不够,我怎么舍得去虚掷?就这样静寂而热烈地爱你,日历在一天天薄下去,爱在一日日累积。

我不想再回到过去。没有你,我的视线就要被浓雾笼罩,迷失在岔路口,看不清正确的方向。为了迎接你的到来,我取来最洁净的泉水沐浴,用香草掩饰疤痕。

　　束手无策呵,我的爱人,请原谅我爱你时触发的慌乱。

26.

每天怀一颗纯洁的心爱你,带着温润,无一丝折痕。我爱,这是少女初恋的情怀。

被风雪摧残过的生命,只有爱,才能让她重回天真。

爱无踪,可它又潜伏在我的血液里,变成了新的血液,合成一种特殊的血型。

你不会知道我有多爱你,从白昼到黑夜。我在水草丰茂的原野,采集成熟的浆果,汲深山清泉,集花蕊的泪滴,以月光为酒曲,用玫瑰花泥封坛,为你酿制琼露。

等大雪纷飞,我要为你煮一壶青梅酒,论我们心中的英雄。

虽然,我的爱像一场自编自演的独角戏,主角隐身幕后,带着某种梦幻,但思念带来的疼痛和愉悦是真实的。那感觉,似锋利的小刀,划过肌肤。

27.

你说,你是个孑然独行的行者,没有人能真正走进你的心。高山流水,姹紫嫣红,皆是过眼云烟,你只能倾听自己的声音。

当你说这些话的时候,我正站在山顶,听风从耳边呼啸而过。我知道,无论我怎么努力,都无法改变无情的事实。

天忽地阴沉下来,是要下雨了吗?我抬头看了看天空,云遮住了太阳,好像有雨滴进了我的眼眶。

要不要告诉你这一切?

我爱,如果这些话语已显陈旧,答案难以更改,我该不该躲起来,以一株水生植物的缄默,收藏岁月?抑或让我暗暗与你的影子重叠,沿着你走过的路,再走一遍。

我只想悄悄走近你,在你心的角落,安静地守候,你甚至会忽略我的存在。只有在每个有月的夜晚,你才会想起一个朦胧的倩影,她的目光里,有如丝的缠绵。

28.

　　我爱,你来之前,我不敢老去,怕太苍老,你认不出我是谁。你来之后,我更不敢老去,怕来不及把心里的话都告诉你。

　　镜子里出现一张不再年轻的脸,皱纹从眼角扩张到额头,往事堆积,那些触目惊心的伤痛已被我封入另册。我住的房子没有安装壁炉,到了冬季,无法燃起火炉驱逐严寒。更没有人为我拿起一本诗集,用心朗读。

　　这是怎样的悲凉?

　　不,只要我知道你在什么地方,无论是怎样的形象,我都会微笑着欣赏生命的荣光和衰败。

　　当我把神游的思绪拉回来,城市醒了。你迎着晨光奔跑,我让风捎去午夜写下的诗句。

　　你会回一句什么话呢?我在猜测,有丝丝的甘甜涌上心头。你就是那颗糖呵,我要留着慢慢品味,直至青丝如雪,糖纸上还有残存的甜。

29.

有雨裹着惊雷霹雳而来,铺天盖地,这是一种豪情。

在荒原,让闪电作证,雷声伴奏,你我交换今生爱的誓词:生死相依,不离不弃!

一诺千金!

话音刚落,风停雨止,有雾气升腾,一片祥和。湿润的大地,万物充满勃勃生机。

正在耕田的老牛突然开口说话,它带着我们去了溪畔的小茅屋。灯光如豆,我们的心却光明无比。

红尘多薄义,我们要深情地活着。在我开辟的疆域,你是潇洒的风,无人牵绊你的脚步。

在现实中遥望,在文字里重逢。心不会欺骗心,那是最诚实的回答。我爱,我要多爱你一点,这样,我就能酿出更多的蜜,消解人生的苦涩。

30.

如果没有那个夜晚你多情的一瞥,我是否还迷失在茫茫人海?人世间有太多看似的偶然,却是最终的必然。

那粒叫缘的种子,跟着我们轮回。每一世的相遇与别离,有着相似的内容,又有不同的情节。

我喜欢在月下晾晒与你有关的点滴,不放过任何一个枝节,越回味心就越明了。

说不清为什么爱你,就像无法说清作物对土地的依恋。这是缘布下的迷阵,在跋山涉水之后,你我终于不期而遇。

有人说,一个人在历经那么多的波折之后,仍能心怀纯净,对人类充满善意,这是大幸运。

这也是我心怀感恩的缘由。

我庆幸能给你最好的当下。一颗深海珠贝,拥有独一无二的品质,当你发现她的价值,你就已经拥有了她。

31.

"我要像十八岁那样恋爱",当我说出这句话,一场俗世的雨劈头盖脸而来,嘲笑我的幼稚。

"一看就没有真正恋爱过。"

"找个老来伴,谁不是凑合着过?"

"十八岁,也非常实际。"

只有一个女人鼓励我:"如果遇到真爱,就抛开一切,天真无邪地去爱。"

多么无奈,现实充满了怀疑,拒绝相信唯有爱与美好可以拯救世界,唯有灵魂与灵魂的吸引才能长久!

我早已踏上一条义无反顾的路,我要像十八岁那样爱你,似奋不顾身的飞瀑,明知脚下是万丈深渊,也要在阳光下缤纷闪耀。我要在现世的冰冷里,诗意地爱你。我要在无妄海,为你打造诺亚方舟。我要你相信,真的有一种爱,可以超越死亡,无法生离!

　我早已踏上一条义无反顾的路,我要像十八岁那样爱你,似奋不顾身的飞瀑,明知脚下是万丈深渊,也要在阳光下缤纷闪耀。

32.

清空,是为了更好地接纳。

可是我不愿删除你说过的每一句话、每一个表情、每一个动作,这些都属于我。我把它们都藏起来,想你的时候拿出来重温。一遍又一遍,毫不厌烦。

当韶华逝去,爱,留了下来。她如此丰盈、饱满,稍一用力,就会冒出无数的甜汁。

风在我耳畔窃笑,说我爱上了爱情。

我爱上了爱情,爱上了有你的年华。因为你,我决定原谅生活对我的所有伤害。

我在念你,你的名字在脑海反复浮现,只要你静下来,就能听到。那是心灵与心灵的对话。

爱是世上最强的电波,它从我的心脏通过,又迅捷地来到你的心房,让我们的心在同一时刻颤动。

给你,我的山河。我爱,我不给你锦上添花,只为你雪中送炭。

33.

天青色,我在等你。

梦是夜的使臣,我派她去探望,看你是否睡得安宁。临走前,她把一朵玫瑰放在你枕边。那刺我已修剪,这是我爱你的细节。

我用心的宝盒,收藏你的爱。世间珠宝,在你的爱面前,变得一文不值。

你可愿意为我画如黛的双眉?当红颜苍老,我仍是你眼中的宝贝。

日复一日,爱牵着我的视线,聚焦。让我跟你走,浪迹天涯或相守丛林,在植物的芳香里享受自然的恩赐。

我们一起打造桃源,开垦土地,种植粮食和瓜果菜蔬。我要挽起长发,换一身素净棉袍,去采集各种野菜野花,一半熬粥,一半插在窗台的瓦罐。

当你推开门,花还沾着露珠,粥温正宜。

34.

踏上列车,看车窗外飞驰而过的田野、农舍、河道,以及尚未完工的楼盘、低矮的棚屋。我在想,此时的你正在做什么。是在川流不息的大街上奔波,还是独守一隅思考?没有你,再轻松的旅途也是寂寞。

车厢里,一张张陌生人的脸逐一替换,没有一个人符合我心中的你。

不能替代呵,哪怕只是冥想。

我已无药可救,坠落爱情海,一睡万年。

什么样的爱才会让人如此魂牵梦萦?情如酒,我尚未举杯,就已深醉。而你浅尝辄止,清醒地看我在人群之外独舞。

在混沌中独行,孤寂来源于没有心灵的和鸣。在你之前,爱都指向虚空。在你之后,爱必将重归虚空。唯独在拥有你的时光里,爱才是爱。

35.

鹰从海面掠过,惊醒海底的鱼。睁开眼,鱼看到鹰矫健的身影。日日思慕,一次次跃出水面,渴盼拉近与它的距离。

"真想变成云,这样就能时刻追寻着鹰。"可鱼看到的只有水中倒影,搅动的只有自己的心。就这样被浪涛高高举起,又重重跌落,循环地疼痛。

"这是一条奇怪的鱼。"鹰盘旋,俯冲,再次盘旋。

"带我走吧!"

"鱼怎么能离开水?"

"只要跟你在一起,我心甘情愿。请你把我吞进肚里,化作骨血,这样生死都能在一起。"

"不要执着,你看海里有好多鱼。"

"可我只看到了你。"

鹰扇动翅膀,以闪电的速度带走了鱼,飞向高空。

"这是一个悲剧吗?"一个声音疑惑地问我。

"不,这是一个喜剧,因为鱼终于和她爱的鹰在一起了。"我微笑着回答。

　　此刻,我的爱人正半梦半醒,他在回味那个奇怪的梦:鹰吞吃了鱼,鱼偷走了鹰的心……

36.

翻阅任何一本书,一页还没有读完,组合你姓名的三个字就会自动从书中跳出来,在我眼前晃动。

多么可爱。我用手指按住,又忍不住放开,它们与我玩捉迷藏的游戏,不亦乐乎。

在心里一遍遍默念,似乎每念一遍,这些字就变得圆润起来。我把每个字拆开,一个字写一首诗,只有你才能读懂。

你在哪里?我的心像风筝飘荡在半空,那根线就捏在你的手里。常告诫自己少来扰你,可又抵挡不了心中那股说不出的情愫。

有什么好办法吗?一个声音说:没有。

束手就擒吧!

我爱,你重塑一个崭新的我,让我因爱生出大欢喜。而我在不知不觉中,成为你前行的某种动力。

爱,就是共同成长,一个越来越好的你,一个越来越好的我。

37.

早晨,雨突然而至,还伴随着零星的雷鸣。这让我联想到爱情,半生铺垫,在某个夜晚以光的形式,照亮我心的夜空,让我看清你的脸。

在你身上,我找到失落已久的宝库密钥,打开,里面的璀璨都归于你,你就是我爱的主人。

好想给你打个电话,我的手指停留在一组数字上,却始终没有按下去。那就让心生双翅,飞到你的窗前,留一枝我亲手种植的花。花瓣上还带着雨的润意,这是爱无声的言语。

星火已经燎原,谁能让一座复苏的火山熄灭?地层下是取之不尽的能源,爱就是它的催化剂。

这是我喜欢的生命,灿烂、明丽、真情。我爱,对待爱我只有两种态度,若爱必深爱,若不爱就拒绝暧昧。

选择即承诺,这就是我爱你的誓言!

38.

我的爱,一日比一日炽热。

在等你的日子里,没有一朵花能承载爱的重量,没有一段河流知道情的来路。

当我如扑火飞蛾,抵不住光的诱惑,投向你怀里,我早已不在意这是不是一场命中注定的情劫。

卸下坚硬的盔甲,给你最柔软的自己。这世上唯一能伤我的,只有你。可即便遍体鳞伤,我也不愿离你太远。

从一个季节到另一个季节,爱会长成参天大树。除非你残酷地终结江河的向往,让她在一夜间迅速枯竭。河床龟裂,你会捡到一粒水晶,那是鱼留下的最后一滴眼泪。

想到这个结局,我禁不住泪流满面。

还是让我静静地爱你吧!在那块三生石上刻下爱你的心迹。百年后,又将是另一部流传于世的《石头记》。

39.

踏着月光去赴你的约,静谧的湖畔,鱼已沉睡。我急急走着,怕晚一步,你已离开。

你站在树下,看一池湖水,碎银般的光晕给人魅惑的恍惚。我的足音惊动了你,回头,我看到你眼中的忧郁。

"我一无所有,你是否会依然爱我?"

明月高悬,路旁的野草镀上银边。我说,真漂亮,给我编一只青草指环,配我纤细的手指。

风在你我之间徘徊,想偷听什么。很多话在你舌尖滚动,却最终咽了下去。月隐身于云层,群山与你一样,不语。

"带我走,我没有十里红妆,只有一颗爱你的心。"

月探出脑袋,她说,一对痴情人。挥一挥衣袖,她在我们的额头烙上爱的符号,从此不再惧怕离散。

天亮了,原来这只是我的一场幻梦。

40.

我在等你,等你穿过夜的通道,来到我面前。我敞开房门,门外空无一人,甚至连过路的风都没有。

明知你不会来,可仍痴想在路口看见你的身影。

还是去读书,我对自己说。是诗集还是小说呢?抽一本,捧在手上,神思又飘了出去。

你在哪里?我又开始进行无数的假设。

夜莺飞过来,它说,你已醉意朦胧,忘了回家的路。

远方,突然地动山摇,不知有多少人在今夜魂飞魄散,又有多少人逃过了劫难?

假如明天以后不再有明天,我一定要大声喊出,我爱你!我要勇敢地握住你的手,从慌乱中寻找逃生的出口;我要守着你,一起横渡这无边无际的夜。

船票呢?如果没有,那就走到黑夜尽头,那里一定会有光明之岸。我要与你同行,生死相恋。

41.

雨下了一夜,似在释放某种情绪。

莫非,天空也有委屈的时候?

耳朵异常灵敏,怕遗漏有关你的任何音信。尽管人们谈论的只是天气,心却盼望着蛛丝马迹,可以让人们在不经意间提起你。

此刻我不关心世界风起云涌,我只关心你。

不要疑惑我对你的爱,世人习惯戴着有色眼镜,曲解爱的真义,你不能成为其中一员。请看着我的双眸,那里只有一个你。不要轻视一颗爱你的心,一旦丢失,再无相同的爱恋。

窗外,雨声渐稀。

我要沐浴更衣,徒步去爱的宫殿。如果你在街头看到那个身穿布裙、长发赤脚的女子,那就是我。舞会上遗失的水晶鞋,就在你的手里。

42.

行走山道,遇大雨瓢泼。路边有竹林茅舍,推门而入,我是不速之客。

你坐在窗前,听雨,桌上的咖啡,正冒着热气。

走过去,坐在你对面,凝视你的脸,无言哽咽。你疑惑地看着我,问我为何流泪。我欲言又止,不知该如何让你相信,你就是我苦苦寻觅的爱。

杯中的咖啡已冷,你似乎没有了品尝的心情,我的泪水让你不知所措。

"我们认识吗?"

我无法用准确的语言回答你的询问,你已忘了前尘往事,我却清楚记着每一个章节。

我用手指在你的掌心画一颗心,泪滴落。

"你来了,我已等你很久。"

泪水,再次夺眶而出。

雨,戛然而止。

窗外,东方已渐渐发白。

43.

趁传说中的洪水还没有来，我想坐在书桌前，蘸着露珠，为你写下一封又一封书信，把那些来不及对你说的话以文字的形式呈现。在你上船之前，交给你。

倘若我们不能同行，那就请你忘掉我最后的笑靥。这些情书，你可以留存，也可以丢弃。当我把它们交到你手上，它们就只属于你，我无权干涉你的决定。

临别前，我还想给你斟上一杯酒。你想醉就醉吧，等你醒来，就会忘记曾经的痛。而我也会一饮而尽，把埋在心底的那句话，再次深埋。

我没有告诉你，这只是我幻想的一个镜头，泪珠在荡气回肠的歌声里，转动，却始终不肯跌落。

为何皱眉？这不是我要的景致。

其实我只想给你一床芳草，当你入眠，我要让一朵无名的花替我亲吻你。

44.

今夜有流星雨。

有人说,对着流星许愿,每个愿意都能实现。我把这句话记在心里。

双手合十,默念健康、平安和爱!这是对你终生的祝福。当流星从头顶划过,我看到你的明天一马平川。

夜已经很深了,为了等你一句亲密的话,我迟迟不肯进入梦的大门。我怕错过,被飞鸟叼走。

你是个吝啬的男子,不让我的耳朵沉醉,是怕我爱你无法自拔?可即便你不说,你也走不出我的世界。

我爱,没有人会在意一朵低到尘埃里的花。我要成为峻岭间的一棵树,扎根崖壁,在风霜雨雪与烈日雷电的洗礼中繁茂。我要站在与你同等的高度,这样我们的视野不会相距太远。

我写下这些诗行,只想告诉你:你是我爱的唯一期待!

45.

我在不停地自言自语,从第一滴晨露到最后的月光。你偷走了我的心,把它藏在哪个花蕾里?

你不说,我就趁你熟睡的时候,溜进你的心房。昨夜酒醉,你忘了锁上大门。

紧张地观察,你在心的四周布满了重重机关。一群神秘女人戴着黑色面纱出现在我的面前,她们说,要得到这颗心太难,我必须付出沉重的代价。

"我要你失去声音,面目全非,体无完肤。倘若他能依旧爱你,你就得到了这颗心。如果不能,你将归于永久的冷寂。"

"好。"我毫不犹豫地回答。

她们用一枚枚闪烁寒光的银针,取走了想要的东西。

镜子里出现一张奇丑无比的脸,你会嫌弃她的丑陋吗?我用纱巾蒙面,低着头走到你的面前。倘若你嫌弃,那你就不值得我如此深爱。

你说:"我已听到你胸腔里有我心跳的声音。"

46.

站在苍穹之下,抬头,月隐去了你留下的足迹。

记忆中的冰川已融化,轰鸣着跃向山峦的瀑布,有着决绝的勇气。即使粉身碎骨,也要活出自己的精彩。

这是一种启示,有关爱,有关梦想。

情无所依的浮萍,继续随波逐流。池塘里,睡莲半梦半醒。折一根柳枝,如果把它插在泥土里,会不会落地生根?

时间被切割,我在分与秒之间微雕爱的诗行。这是一部奇特的长卷,我要每天不断书写,没有句号,只有省略号。

你说,这就是真爱。

我守候你或你守护我,爱是相互的给予。看,碧空之上是无垠的碧空,人类的探索才刚刚开始。

在胸口文一个奇特的符号,那里藏着有关你的全部天机。

47.

我总是直抒胸臆,像向日葵对太阳的倾诉,小河对大江的依恋,幽谷对天光的渴求。

当你走在林间小道,我正流连于一半海水一半火焰,这也是一种平衡。

我要用最古老的方法爱你,专注、坚定。时间是最公正的检验师,证明我就是你的最爱。

你是我灵感的源泉,我在心的库房储存了为爱写下的完整诗文,你可以随时查看,回顾爱的过程。最后一页空白,由你来执笔。

"也许我是一道微光,却想要给你灿烂的光芒",窗外传来的歌声刺痛了一颗柔弱的心,这就是我对你的爱呵!

我爱,你可知"一滴水如何才能永不枯竭"?我在一块石头上看到这个问题,又在石头的另一面找到答案。

让一滴水永不枯竭的秘密,是让水回归大海。

48.

拂晓，我提着竹篮去田间。

瓜果经过一夜的养精蓄锐显得很有精神，而我只想带青菜回去，给你烧一碗羹汤。有动物在嘀咕，它们在说些什么呢？我听不懂，只能猜测，也许在互诉衷肠。

按下惦念的按钮，心就会奏响动听的旋律。那些动人的话，带着酸甜的汁喷涌而出，让你来不及接收。

天蓝得宁静，好似我爱你的心境，明净，不带一丝杂质。虫子在青草间扭动着身躯，与我一样兴奋。爱似流动的泉水，不旧不腐，日日新鲜。

弯下腰，我以成熟植物的姿势与土地保持密切的联系，请它们收下我心中的平静与激动。

对话，回答它们关心的问题，哪一个才是爱你的理由。

爱你没有理由，若非要找一个，那就是爱。

49.

当我想你时,我会把自己当成你,一次次到达有你的现场,感受你的喜怒哀乐。

我爱,似乎有根看不见的线在牵着我,每走一步都拉扯着神经。你明明没有出现,却能随意调节我的心情指数,让心在快急缓慢中切换。

树上鸟儿的欢鸣声,象征人间有一种值得追求的不朽。爱、光明、轻快,我把最好的祝愿连同对你的爱,全部给你!

请相信,我的爱不是单薄的篇章,而是厚重的经典。经久不息的爱呵,滋润你我的心灵。爱你,是生命的需要,是生命对人类的遐想。

这是一条追寻爱的道路,探索者的探索已到源头。

我愿就这样执着一念,走下去,任世事变迁,爱你无悔。

50.

你从不曾说出那三个字,我却能感知你藏在心底的真情。这不是我自作多情,而是心给出的谜底。

行走街头,是什么让你郁郁寡欢?

当我幻化为风,田野麦浪翻滚,流淌的热潮是否能减几分你现世的沉重?

青春如此短促,还来不及细阅,就已仓促翻篇。我在你故事的片段里,黏合过去,那是我不曾见过的模样。

前路漫漫,心随潮汐涨落,月有阴晴圆缺,这是谁也无法逃避的规律。我让喜鹊带路,奔向你,请它们帮我搭一座鹊桥。七夕未到,可我早已迫不及待想见你。

就这样踏上征程,朝着爱留下的记号,一路前行。

当我衣衫褴褛,出现在你面前,请你捧起这张蒙尘的脸,用温柔的吻,驱逐我的疲惫。

51.

你站在那里,看树叶半明半暗,由嫩绿转绯红。摘一片,我要以叶代舟,渡忘川之河。

读你,宛如品百读不厌的情诗,每读一遍,心潮就激荡不已。其实你是一部小说,有着厚重的内容。

流逝的光影里,我为你栽下一棵树,让它独木成林,葱郁你的四季。心因挂念而惆怅,不想让你看到我相思成疾的样子。

你是亘古不变的光,无论我在哪里,走过几条岔道,最终必航向你的岸。

平淡的日子,因为爱,有了诗情画意的意蕴。一朵盛开的花,一碗清淡的白粥,一碟带色彩的小菜,我在微笑中完成生活的仪式。

凝视前方,云雾正缠绕青山,好似我对你绵亘的爱,只有开始,无法结束。

52.

朝露凝集,卜神奇之卦,你是不可或缺的重要内容。扣人心弦与激扬词调,今后的浓墨重彩都与你有关。

城堡早已被你占领,门随着你的进出而开合。昔日空池已蓄满月华之水,我用它浇灌那棵爱情之树,守着它从幼苗渐渐粗壮。

明天,也许会有突如其来的风暴折断它的枝丫,但只要根深扎泥土,就会有新的枝叶给我爱的护佑。

世俗筑起了铜墙铁壁,把我困在其中。云编织成梯子,从空中垂下来。趁看守的人打起瞌睡,我翻过高墙,看到你以山的伟岸,屹立,让爱有了新的高峰。

当我历经艰辛来到你的身边,你正在水流的循环里磨砺爱的晶莹。以真情为线,编成项链,亲手系在我的颈间。耀眼的光泽,令任何珠宝都黯然失色。

53.

去野外,沿着青石小路上山,我的身后只有自己的影子。

岩壁上有苔藓,这是一种保护色。还有野生的多肉植物,不知名,我想挖一株回来,看它能不能在花盆里变成盆景。

我一直没有告诉你,人人皆能爱和被爱,唯独我不能。我是个被爱遗忘的女子,漫长的岁月,我已习惯一个人走。

为了与你重逢,我祈求上苍,用我的山川换一次爱你的权利。从今以后,除了爱你,我一无所有。

就这样满怀欣喜地奔向你,我的太阳。渴望你的万丈光芒,融解我郁积的冰寒。

我爱得如此卑微,又那样高贵。谁也无法摧毁我爱你的决心,如果你签下旨意,消失在我的视野,我也拒绝执行。

为你,我愿坠落深渊,任地底流火淬炼,成就爱的圆满:灵魂的自由与豁达!

54.

今日处暑。

夏将止,秋未满。

中间,是我铺设的爱的台阶。

我看到你正踏着祥云而来。芸芸众生如渺小的蝼蚁,不堪一击,只有爱可以强大我们软弱的内心。

想起你,再多的浮躁都消失无踪,只有空谷幽兰的寂静。

在现实中给自己煮一锅绿豆汤,我喝了一小碗,又替你喝了一小碗。做这些事的时候,我是愉悦的。

多想为你遍植芬芳,让你以地为床,青草为枕,做一个好梦。我要手执莲叶,守在你的身旁,不让蜂蝶惊扰你沉稳的呼吸。

你醒了,闻到枕边残留的荷香,不知原因。而我躲在一块岩石背后,看你疑惑地四处张望,掩嘴轻笑。

55.

我一次次回到那个远去的黄昏。

薄暮初临,有风吹过竹梢,叶与叶相互摩挲,发出沙沙的声响。夕光穿过纸窗,落在一朵百合的花蕊里,驻足。

有一种细腻在流动,我的脑海里突然蜂拥而至许多奇形怪状的碎片,拼凑成一幅完整的画卷。

展开,竟然是你的笑脸。

我不敢相信这是真的,闭上眼,在深呼吸中,看到一组神秘的字符。

突然惊醒!

用意念在大地中心埋下一颗种子,神秘的缘引着我走向爱的祭台,我用所有的时间与爱神签一份跟你有关的合约。当我写下自己的姓名,一支利箭呼啸而来,让你我拥有相同的伤口。

爱在爱中落地,情在情里生根,这就是我梦想的完美。

56.

能与这个世界匹配的只有真诚的爱,当朝阳催开晨雾,如此灿烂。

这一切都是苍天的恩惠。

给你发一条无字信息,那里蕴藏着深沉的眷恋。再多美丽的词汇,也无法形容我爱你的心情。这急速的洪流,一次次撞击出动魄惊心的浪花。

夕阳西下,心里忽然有了这样的安慰,有那么一个人,值得我在任何时候为他敞开心扉。

因为有你,我才有爱,有自由,有绝世的明媚。

没有你,我的快乐都是忧愁,我的忧愁都带着深深的寂寞。

当你以鱼的姿势潜入我为你开掘的爱情之河,一路畅游,你会看到挺拔的水杉,大片青色的芦苇,那些从石缝里挣扎而出的野花,还有站在路边为你鼓掌的我。

想象无比美妙。我爱,我想得到你一句温存的话。外面夜幕正在降临。

　　能与这个世界匹配的只有真诚的爱,当朝阳催开晨雾,如此灿烂。这一切都是苍天的恩惠。

57.

午夜,山茶花的旋律在耳畔回荡,让谁泪沾衣襟?在两个不同的城市,你有你的心痛,我有我的忧愁。

当喧哗退去,天地只剩下寂寥。你看到被丑陋屏蔽的善良与美丽,那是你理想的精神家园。

我是你的梦游者,用诗句留存来过的印迹。

去古寺,佛门正大兴土木,清静不再。有石榴高悬枝头,这浸染过香火的果实是否会有不一样的味道?

世人熙攘着迈进这道门,所为何来?欲望呵,正面是动力,反面是贪婪。信仰的载体,向内求还是向外求?智者自有答案。

燃一炷心香,为所有我爱和爱我的人祈福。我在佛的手掌写下一个字,佛的慈悲让我心生欢喜。

在日常中去爱,这是佛赐予的锦囊。

58.

今夜,让我以水的激越奔向你。

奔向独守黄昏的背影,奔向云层优美的歌声。

揉皱的心绪被一点点抚平,忧郁的眼神不再迷离。给我,你有力的双手。那是山与树的应许,海与舟的相望。

有多少擦肩而过的缘,来不及等你回应就已消失无影。城市的角落,陌生男女在灯红酒绿处拥吻,又各自离散,谁也不知谁的姓名。

风穿过我的黑发,只有你读懂我未曾出声的唇语。

今夜,让我以水的璀璨荣耀你。

一封无字的情书,从这里寄出,到达你虚掩的梦境。

我要推开一扇窗,让你看燃烧的水,如何从坚固变得柔韧。

走向你,让我以水的千姿百态。

59.

七夕之夜,牛郎终于盼来了与织女的相会,而我何时才能见到你?我只能幻想,与你站在同一片星空下,看满天星光。

初秋的风,虚化了你的声音,有的留下斑驳,有的了无踪迹。

尘世的河已纷纷断流,相濡以沫的背后是相忘于江湖。一个旧的命题,不断增加新的内容。

宇宙以光的速度在裂变。传说已远,冷漠成为常态,生活总是给人意料之外的讽刺,可我为何仍愿意在这样的夜晚想念你?

七夕,并不是属于我的节日,那也一定不是你的节日。我们是两颗孤傲的星,相遇在某个星际的版图上。

彼此凝望,又相互慰藉,岁岁年年。

那就让我以风的姿态、树的姿态、花的姿态存在,无论沧海桑田!

60.

秋是高远的,联想被无限延伸。白云生处,也许真有永生的天堂。

光阴,弹指而过。我已鬓白,你亦苍老。

你有没有耐心听我讲一个有关青春的故事？那是春天,远行的列车把我带到陌生城市,年轻的我并不知哪一条道能抵达理想的终点。

我已记不清在孤灯下度过多少个不眠之夜。漂泊,从一座城市到另一座城市。远方,成了诗人笔下反复出现的意象。我把泪隐在笑声背后,阳光下,我努力让脚步变得轻快。

流浪,是时光倒影里最迷人又最令人难忘的一页,浓缩的精华里有人生的万般滋味。

孤独成为宿命,让我错过一个又一个情感驿站,直到于拐角处重逢命中注定的爱。

般若之门,当我欣喜地念叨,天掀开了黑色的幕布。

61.

我用花叶组合成你的平安卦,阴中有阳,阳中夹阴,有所指与无所指之间,是智慧。

浏览照片,有一张意境是我喜欢的。和煦的风,泛着金光微澜的湖,广袤的草原,还有健壮的骏马,这些都是我想给你的。

当你骑在马背上,英姿飒爽,有飞鸟停栖在你的肩膀,久久不愿离去。

我来了,我爱,我要与你并驾齐驱。

我追随你或你紧跟我,任马蹄急驰,踏出只属于你我的路。

当夜幕来临,冰冷的湖水,被神秘之火点燃,这是我为自己准备的婚礼。动物们纷纷跑来,它们在那里鸣叫,围着火堆跳舞。

你手持一束芨芨草走来,轻轻揭开我的红盖头,爱从你的心里流出来,又涌入我的心湖。

62.

举起手,我的指尖触不到你的指尖。

我在空中画了一个圈,微微叹息。你隐身人群,是想逃避我痴迷的目光吗?我爱,我把心丢在了你的领地,早已摇曳生姿成一朵别样的花。

秋风起,看树叶慢慢变黄,思绪也跟着起伏。

你在屋里,我却不敢推门而入。月光下,是我徘徊的身影。怕被你发现,我踮起脚尖,走得比云朵还要轻。

热切地盼望你出现,当你走过,那些花纷纷献出自己的香,而秋风调皮地在你脸上偷袭。你还来不及回过神,她就消失不见,空中回荡着她清脆的笑声。

等你终于站在我的面前,泪水模糊了我的视线。一个真实的拥抱抵过世上万千虚假的誓言,当你在我唇上一吻,我就沉溺爱河,再也无法清醒。

63.

我想和你一起去西藏圣湖,让它为我们的爱情作证。

传言,在湖边可以看到我们的前生。对此,我很好奇,很想确定你我之间有着怎样的缘分交集,是否就是梦里重现的那些场景?

行囊已经准备好,那就在今夜出发吧!

圣湖在梦的秘境里,守候。

那一脉望不到尽头的蓝,连接着俗世与净土。雪山绵延,矗立成难以逾越的天险。

静,是唯一的动词。

四周荒无人烟,你与我在同一时刻取圣湖的水净手、净面、净眼。湖面,有雾气氤氲,我在滚落的热泪里获知想要的答案。

拥抱我,让我以神秘的紫为裳,在你的怀里,似一朵圣洁的雪莲花,绽放。

圣湖之外,该落叶的落叶,该开花的开花,该结果的结果,从容淡然。

64.

夜色越来越浓,西边的天幕上还有绛红的光,在释放最后的激情。突然觉得有什么从我心中飞出,四散消失。

我爱,这一定跟你有关。

当你的手握紧我的手,我已与你结下不解的情缘,那里有我们骄傲的自信。

思念总是突如其来,像风又像雨,带着若隐若现的雾气。在你面前,我常常忘记年龄,忘记那些已经模糊的前尘往事。像个孩子,盼着你的奖赏。

我的大脑是台精密的仪器,具有自我筛选功能,只留存我想留存的美好。

晚风中,我又开始喃喃自语,这也是我爱你的一种方式。不需要回音,你远远地听着或没听到,都没有关系。

你让我学会了感恩。我们所得到的一切,来自心灵,这就是幸福。除了感恩,除了欢庆每一天,我们没有任何理由去抱怨。

65.

铁门紧锁,护城河吊桥高悬。

风不能进,雨不能进,那些打着爱的旗号的偷窥者更不能进,这里只对你一人开放。

马蹄嗒嗒,你踏一路风尘而来。

城门缓缓打开,又慢慢合上。

风正轻,我的将军,我们去桂花树下喝茶。阳光从叶面滑落杯中,有细微的波光荡漾。

光影静止,我在你的眼里读到了深情,你在我的睫间接收着爱恋。金桂还没飘香,等花香的过程是奇妙的。

天籁已经奏响,只为迎接你的归来。当你端起茶杯,我想告诉你,在奈何桥上,虽然我喝了一半的孟婆汤,但从未忘记与你的相约。而你从彼岸花开一千年,花与叶永不能相见的诗文里,读懂了我心底的期盼。

66.

秋天被催眠,花团锦簇或落叶飘零,兴与衰的两极。

我把钱币高高抛起,又任它们自由落体。

虚虚实实,实实虚虚,虚中有实,实中有虚,千变万化的卦象演绎宇宙平衡的法则。就像爱,有内在的运行规律。

为你写下一篇篇心语,真挚的情呵,既含蓄又奔放。这是你想要的爱情吗?你没说,我也没问。

我还喜欢给你写信。露水为墨,花瓣为笺,一直没有找到一支合适的笔,就用玫瑰枝代替。

去江边,看平静的江水因爱而喧腾,江湖风云已起。你并不知晓你在我心中的地位,无可替代。

一日又一日,爱似陈酒,浓香诱人,我是一个贪杯的酒徒。

到田野漫步,看充满生机的青草,在午后蓬勃。似你给我的爱,如此深邃,而世俗又那样苍白。

67.

九月，颜如舜华。

朝开暮落，却有花语"坚韧、永恒的美丽"。花开刹那，凝固每个当下。

站在木槿树旁，看阳光轻染淡紫的花瓣，似蝶透明的翅膀。好想让你摘一朵戴在我的发间，当我想这些时，脸莫名地红了起来，眼神可以拧出水来。

想起童年的村庄，随处可见木槿花、乡野的孩子。粉与紫的点缀，香微、质轻、味甘。这是一味药，又是一种食物。

如果你有兴趣，我想为你做一道"花煎"。为此，我试验了好多次，想做出只属于我的味道。如果你尝过，一定不会忘记。

我在搜索少女时代的梦中情人，居然没有你的形象。直到看到你，才恍然大悟，你就是我的偶像。

我爱，现实中的你，离我很远。文字里的你，离我很近。木槿花开了又谢，我痴心不改，在这里等你慢慢走来。

68.

千里之外,爱如潮水翻滚,海鸥在盘旋、俯冲,在浪涛间展翅。你伫立海滩,向大海敞开胸怀,祈求。

如何才能实现心愿?你的脸上浮现若有所思的神情。

我知道,这一切只是我的幻觉。

从狭隘的拥有到无我的境界,道路曲折。当我选择了你,不,是爱选择了你,我已踏上这条修行的路,风雨无阻。

此生只执着此念,我可以抛弃拥有的一切,却放不下爱你的这颗心。

你说,我会让你哭。

那一定是我的某句话触动了你心的柔软,让你看到人性的美好。

我爱,这些爱之语来不及修饰,就呈现给了你。只要你懂得珍惜,我毫不在意世人的非议。

69.

我来到这里,就是为了找到你。你清楚我的一切,认清了我比世俗更崇高可贵的品质,你是否还要我再次肯定?我该做的就是爱你!

再也没有比遇到你更欢悦的事。如果说还有什么永恒的东西在,你的心归于我,就是永恒。

一个为爱而生的女子,当她找到梦寐以求的情,那一刻,天地才真正和谐,生命才不再被扭曲。而你也在其中,找到自己的归宿,她的心灵是你的精神胜境。

在爱的世界里,无论激情飞扬还是细水长流,两情相悦真的能产生天堂美景。当飞鸟掠过,我正在观望盘旋于树梢的风。

今日有阵雨,空气里有秋的闷热,我记下爱你的点滴,从第一天到第 n 天。

70.

我爱你,这几个字如此直白,没有丝毫的拐弯抹角,更无华丽的修饰,却来自心灵的最深处。

坦荡、明晰。

有万马奔腾而过,朝着你的方向,千里戈壁幻化为江南美景。

爱侵入我的心田胸腔、五脏六腑,在我的血液里兴风作浪,又潜伏于骨髓,与之融为一体。我模糊的双眼,重回清澈。

我只会跟着你走,虽然你从不曾说出口,可我却在你的只言片语中认定爱在你我之间,一天比一天葱翠。

曙光初现,我审视自己的心,里面除了你,还是你。拿去吧,我的情,我的爱,我的一切。你要什么,都给你。

站在一棵枫树下,轻声低语。她不会笑我痴情,因为她看到了人间最美的爱情:一见钟情,相守一生!

71.

夜,卸下伪装,露出真实的容颜。

听一曲《桃花渡》,看花朵纷飞,寂寞的渡口,你我是彼此的灵魂摆渡人。

白天,我去了山地,在阳光下采剪新鲜的薰衣草,含蓄的紫,是我喜欢的。

抽几株特制成书签,夹在书里。唯有这自然的芳香,才配得上这些大气的文字。余下的,我要做成一个枕头,这样梦就有了梦幻的色彩。

翻出一张旧照片,昔日的明眸善睐已成过去。有多少山穷水尽,就会有多少柳暗花明。

你占据了我的心,让我再无遗憾。若有,那就是我已苍老。

我爱,那些空缺的章节我想补上,你要提示我,让我在虚拟中身临其境。

桃花渡口,我已为你备下轻舟。晨光熹微,水波泛着柔光,宛若我那一低头的温柔。

72.

我是流浪的歌者,你是剽悍勇敢的猎人,在森林里寻找纯净的水源。

神山之下,我的沧桑触动你心里的怜悯。那个夜晚,朔月色彩异常,这是一条伏线。

风一路而来,让我获知爱的真相。你把裸露的心交于我,这是无价之宝。我在你面前无须掩饰,保持率真。心与心发生激烈的碰撞,耀眼的火花,照亮暗夜长路。

当我在八千米高空踏云而行,看到的还是你。幽深的蓝,似乎触手可及,那是爱最初的姿容。没有浮尘,只有纯净。

赏蓝花楹,树上无花,深入"在绝望中等待爱情"是怎样的心境?

喝一杯米酒佳酿。谁在唱《千里之外》?歌声缠绵。听别人的故事,思考自己的人生。

爱,是永不过时的主题。

73.

午后，喝一杯茶，看窗外烂漫的蓝雪花，思绪飞到你的身边。想你在俗世中的生活、工作、旅行，还有爱。你笑起来的样子真好看，我的心又忍不住暗暗雀跃起来。

有传说，蓝雪花是天底下最神奇最具有魔力的植物，自带忧郁的花朵，可以让心中挂念的人与自己一同生死。

不，我希望与你同生，但绝不允许你和我共死。假如有一天我离开，你要替我好好活着，去经历我无法经历的一切。

游走大街小巷，到处都没有你。闭上眼，你却清清楚楚地出现在我面前。

一条冰冷的银河隔开你我，眺望成为常态，我要与你天长地久。即使是一种幻象，也是精神的需要。能左右心绪的，一定是最爱的人，这是我一个人的秘密。

我爱,每天早上叫醒我的不是鸟,而是无法抑制的爱。当你感伤快乐的短暂,我已为你续写新的诗篇。

　　我爱,每天早上叫醒我的不是鸟,而是无法抑制的爱。当你感伤快乐的短暂,我已为你续写新的诗篇。

74.

晚上十一点,四周寂然无声,连秋虫都停止了呢喃,我却睡意全无。

有很多话想对你说,声音却被锁住,我只能用文字留下思念的模样。

花缸里,莲合拢花瓣,安静地存在。"忽地笑"是一个花名,它是彼岸花的姐妹,寓意幸福快乐。

爱是一项伟大的工程,由无数情的章节组成。别用庸俗的标准来衡量,我是我,我不是任何人。

这一条独特的路,披荆斩棘的锤炼,让我有足够的底气面对岁月变迁。

夜越深,思念就越重,睡梦中的你,被一个梦唤醒:林间茅屋,流淌高山流水的琴音。桌上,有花枝斜插在粗陶瓶里,暗吐馨香。

"吃茶吧!"

深情款款的眼神里,有爱在无声流动。

75.

爱让我变成了诗人,随时随地都能激发浪漫的灵感。

去爬山,每一棵树都是你,又都不是你。我把自己的影子当成你,脚步就变得无比轻捷。

我们去山顶吧,观日出的壮观,气势磅礴。任漫天彩霞,染我一身瑰丽。

山风有些烈,我的黑发飞起来了,有几根触到了你的脸。你微笑着回头,眼神里藏着深情。

我要编织一张网,网住你的清高我的骄傲。不用担心网太细密,让你无法畅快呼吸,这只是松散的联结,你随时都有离开的权利。

我爱,我们共同拥有一颗灼热的心。用天真来认识人世,骨子里有着对美和爱的强烈追求。我知道,我们彼此爱着的是失散多年的另一个自己。

为你点一盏心灯,照亮前行的路。请原谅我用清浅的语言来表达爱的深沉,这是来自深山的风,带着松涛与花香,萦绕你。

76.

去寺院,遇一树黄色曼陀罗花,朵朵如灯盏,带着某种神秘的气息,惊艳我的视线。

花语"无间的爱和复仇,代表不可预知的死亡和爱"。不同颜色,有着不同的含义。

佛,渡生死。

这个季节,佛殿前的荷已凋谢,叶半枯半荣。莲台上,佛或站或端坐,看芸芸众生,悲悯。

善男信女各有所求,我把心完整呈现在佛前。爱,就是我愿意把所拥有的一切都给你,哪怕最终是我目送你离我越来越远。

睁开眼,见佛,佛给予我赞许。我爱,你不会无缘无故出现,这其中必有深意。

相思是一场没有硝烟的战争,一旦启动,就再也无法停止。我的心被撕成两半,一半是你,另一半还是你。夜与昼不断交替,你无处不在,又不见踪影。可我任岁月无情,不改爱的初衷。

77.

我想画一幅寓意丰富的画。

怎样的构思才有新意?作为一种精神的象征与载体,远方,令古今诗人吟诵不断。

清水沾墨,一滴,看它在宣纸上慢慢洇开,变淡,似有若无。再画上一条江的曲线与点点帆影,江边是高山岩壁,有凌空逸出的一棵苍松。树下,有孤舟泊岸。

这是我喜欢的意境,有人生的韵味。

心越单纯越能体会爱和生命的律动,功名利禄不过是昙花一现,能留存于世的,只有爱。

我庆幸我的人生在经历一次次风霜蹂躏之后,依然能保持初心的纯真。我把它献给你,让你珍藏。

因为爱,我懂得了原谅,生发了慈悲。当我决定留下来,我已预知你一定会出现。

78.

夏天终于过去,那些阴暗、丑陋、虚伪被摒弃和过滤,呈现澄明与空灵。

爱抹去了身上的伤痕,重启生命,获得全新的能量。

城市喧嚣,我不想成为喧嚣的一部分,只想让灵魂游荡于山水之间。孤独是人类的宿命,无力抗拒,也无法逃避。幸好有爱,让世界变得敞亮。

我是温柔的,这温柔只属于你;我是多情的,这多情只给予你;我是忧伤的,这忧伤只因你触发思念;我是欢快的,这欢快只因爱你而滋长。

爱是这世上最柔软又最锋利的武器。我以真心开刃,就无惧锋芒的伤害。倘若这是爱你必须付出的代价,我会含笑接受未知的苦痛。

就这样爱你,心无旁骛,不止今天,还有将来。你若问有多久,我会告诉你,岁月有多长,爱就有多久。

79.

紫薇花开了,谁在说,这是沉迷的爱?

百日之后,总有一些隐衷会凋谢。就像阴雨天,身体用疼痛唤醒沉睡的晦暗,那是我挥之不去的阴影。是你拯救了我,让我走出封闭的山谷。当你以光的形象出现,除了服从,我别无选择。

秋风吹过田野,带走些什么,又不言明,只留下某些暗喻让人追踪。作物日渐饱满,爱在岁月的坛子里沉淀。我的每一天都是初恋,新鲜、激情、绵长,这是让爱持久的秘诀。

爱你,心河就荡起欢乐的波纹,有一种新的秩序被重新架构与定义。你会站在那棵枫树下笑我痴傻吗?而枫叶在一场霜降后才肯开口,向秋献上羞涩的暗恋。

《紫薇花开等君来》,这是我一篇文章的题目,你一读就懂。

80.

晨起,在窗前读《一平方英寸的寂静》。

风溜进来,像个调皮的孩子,一会抚摸我的长发,一会又想乱翻我的书。

我说,安静。

唯有心静下来,才能从声音里分辨流水的年轮。古老的寂然,悦耳。年轻的激越,棱角锐利。有没有中年的流水?那一定是紧张与舒缓并存。

我们曾相隔迢遥,是爱的牵引让你我踏入痴恋的河。当我们彼此凝望,那里没有韶华,甚至没有山盟海誓,只有一个你,只有一个我。

一杯水倒空了,却盛下另一种满。

这是一种禅。

冥想中的青山,有花儿窃窃私语。

我忍不住又要赞美,就像忍不住要对你说爱。

81.

你在梦里向我倾吐心事,抑郁的灰与绝望的痛,无人懂你内心的苦。

我爱,如果可以,就让我替代你去承受那份沉重。

天黑了会有亮的时候,沉默也是一种力量。不甘堕落,绝处就能逢生。哪怕荆棘遍地,以信心为犁,定能开垦出一条蕴藏生机的路。

每个人握着拳头而来,摊开双手而去,空是最后的总结词。既然结局无法逆转,那就让过程精彩。有爱的凡人是神的孩子,狂风暴雨只会让你更加强大。

抬起你的头,看着我。告诉我,在我的眼里你看到了什么。是静谧的湖泊,还是绚丽的彩霞?险峻的山峰上,一棵顶天立地的树。你看到的,都是你在我心里的幻象,万变不离其宗!

82.

看到你,世界就安静了。

你是怎样的男子?我从没有研究过。爱,从心出发,终点是另一颗心。

我在寻常中模拟你的日常,衣食住行,琐碎中带着暖意。那些场景越来越生动,我深陷其中,独自陶醉,而你一定躲在某个角落看我傻傻地笑。

我爱,倘若没有憧憬,我这饱满的情感就会像洪水一样,无法驾驭。它们会掀起巨浪,翻天覆地。

何时我才能听到你说一句甜蜜的话呢?这藏匿的愿望,在黑夜里滋长。你不说,我就把愿望埋起来,涂上明天的糖霜。

爱越深,越容易突然失忆。可就算失忆了,你依然是其中不灭的亮点。

83.

有没有一个女子这样爱过你?日月晨昏,你是喜悦的起点。把日子铺开,行走在上面,听到风声,就会联想是不是你的脚步。

好喜欢听你的声音,磁性的引力,我的耳朵在快速录音。你不是完美的男子,但是我心里最理想的爱人。

寂寞的夜晚,我以梦做桥,奔向你。只有在那个空间,我才能无所顾忌地爱你。

窗外有雨,这雨声仿佛是我的喃喃自语,我无法告诉你,只能让心事虚晃,在湿漉漉的大地,书写你的名字。

此刻,又忍不住把你从心里请出来,在灯下,让我为你煮一壶好茶。你早明了我的期盼,这是我仅有的贪念。

来,请举杯。

饮一杯有情水,让我们在梦中相会。

84.

一辈子很短,要欢喜。当我读懂这句话,就不再纠结成败得失。

乡村的早晨是静寂的,唯有情散发着热浪,涌过来,让我的脸微微发烫。这是药,具有多种功效,治愈抑郁、悲观,给人信心。

只有心无挂碍,才能笑得灿烂。你是新的,我是新的,爱是新的。这不是随意写就的散章,而是从心泉流出来的真情。

我在幻想,去春的田野采鲜嫩的紫云英,用雪菜汁佐料,让你品尝童年的味道。夏夜,你陪我站在露台等月亮升起。如果没有月,那就看你眼里的星星。

当田野拥抱秋的丰硕,我想与你一起收获。冬天到了,我一边数着头上的银丝,一边偷瞧你脸上有没有皱纹。我的容颜越来越苍老,唯有爱你的这颗心永远年轻。

85.

今日秋分。

小说刚刚开始,人物还没有悉数登场,我的笔下有无数的可能,但我已提前设置了温暖的底色,人性的悲悯。

这是别人的故事。

有关你的一切,我都悉心收藏,舍不得拿出来与人分享,这是我的专利。在一个个失眠的夜晚,你牵着我花前月下,也陪我面对不测风云。有担当的男人,不需要言辞,行动就是最好的证明。

前生欠了多少情,需要我今世用全部的爱来偿还?我爱,我不想一次性付清,我要留一半情债,等来世重逢时再给你。我写好预言,就像在过去的文字里埋下有关你的伏笔。

我在等你,等你告诉我,没有我的日子里,你的心一样彷徨无依。你漂浮的魂魄,只能在午夜的钟声里独自悲泣。

86.

我喜欢复述一个又一个跟你有关的梦境,把它们视作现实的投影。比如昨晚,你我结伴同行,你说生活不应只有苟且,还要有诗与远方。

那就出发吧,背上简单的行囊。

一列绿皮火车在站台鸣笛,这速度是我喜欢的,我就要和你慢慢欣赏沿途的美景。

我们面对面坐着,也许是因为分别太久,我总是控制不住要去看你。

你问我在看什么。

我说,如果时光可以倒流,我要与你青梅竹马,一起长大。我说,我想左手给你烟火,右手写下爱你的诗行。

因为你,我的每一刻都是欢喜。若有惆怅,也源于你的哀愁。两个人承受,痛苦就会减轻一半。让我为你分担肩负的重任,穿过狭窄,就是另一重天地。

87.

有一种说法,失眠是因为你在别人的梦里。矛盾呵,我想夜夜与你相见,又怕偷了你的睡眠。

当我把自己代入为你,我就能感受你的无奈与艰辛。想你负重前行的背影,我能帮你什么呢?

爱让我变得勇敢,即使背后是悬崖峭壁,又有何惧?倘若真要取舍,我会毫不犹豫选择爱你。

我爱,我正在听一出戏,才子佳人的爱情,棒打鸳鸯的无情。梁祝以化蝶的形式,留存生死不渝的样本。我早已看穿生活的真相,死亡也威胁不了我,爱是我唯一的软肋。

无法解释这是一份怎样的感情,只明白你让我再无所求。爱的故事是长篇还是插曲,你有决定的权利。但假如你最后定义为精短小调,我也会含着泪微笑,独自把它写成鸿篇巨制。

88.

傍晚,到田野去放飞思绪。

空气里有各种植物混合的味道,这是大自然的馈赠。

西边的云层呈现瑰丽的色彩,这是谁的神来之笔?云朵,以龙的姿态飞跃。神秘的宇宙,有太多无法破解的谜。

夕阳西下,我摊开手掌,看纵横交错的纹路,与你有哪些雷同。曾经执着于结果的输赢,其实不过是一场虚妄。

岁月露出斑驳的锈迹,我用相思的叶擦拭,一个字又一个字还有一个字,抚摸,与我的掌心相合。

就这样,浮想联翩。直到风过心田,才如梦初醒。万物皆是幻影。唯有那三个无形的字,让我确信,你的黄昏和我的黄昏,弹奏着同一个音节。

89.

　　我想和你回到青春码头,重新编写一段从未出现过的剧情,我是主角,你也是主角,我们来演一场荡气回肠的好戏。

　　有许多事,我要与你一起做,两个人做比一个人做更有意义。秋风撒着欢跑过来,让我听河对岸,谁的笑声清脆如瓷。

　　往事漂浮而来,心的册页被风的手指乱了页码,字迹早已湮没,结局,毫无悬念。

　　稻谷还没有成熟,这需要耐心等待。

　　从一粒种子到无数粒种子,季节在不紧不慢地走着,让我明白什么才是真正的圆满。

　　让我再一次回到八千米高空,云海之上,是我深不可测的爱。在你还没有到达之前,我已做好所有的准备。当你的身影出现在前方,我爱,序幕刚刚拉开。

90.

我的神情有些倦怠,睡意蒙眬,只有想到你,才精神百倍起来。我的手上还有你握过后的余温,许久了,这温度一直在。我把手掌贴在脸上,好像就在抚摸你的脸。

这样的想象是快乐的。

我爱,放弃从来都不是因为外界,而是自身。

当爱被点燃,冷寂千年的火山喷涌出炙热的岩浆,一个奇观正在形成。燃烧吧,纵然最终被无情熄灭,也好过漫长的死寂。

给你,我的欣喜、幸福的意愿与能力。让它们止息你所有的苦痛,获得真正的大欢喜。

爱就是修行,我期盼在爱的过程中,获得智慧。每个人都有一本时间存折,越取越少。我要把高浓度的纯爱献给你,弥补错失的那段空白。

91.

我该如何每天让你在生活中获得勇气?倘若我不能让你微笑,不能增加你对抗现世的信心,又怎么能够说爱你?

佛说,真爱的每句话都可以创造奇迹,可以让我们回到内心的家,陪伴当下的爱和自己。

"我爱,我会陪着你一起走。"

这不是一句随意说出的话,而是此生的承诺。当我身心合一,专注爱你,我所说的就是真言。

点一炷香,观想。

你我缘起于江湖,一条复杂的航线,布满暗礁与无法预测的险阻。当一颗孤独的心爱上另一颗孤独的心,事物回归本源,我读懂了爱的真理。

把心愿写在纸上,装在瓶里,埋在树下。也许千百年后,来世的你会发掘出这只瓶子。当你展开那张纸,你会看到一位身穿素衣的女子正站在木芙蓉下,流着泪朝你开心地笑。

92.

一滴秋雨,终结了九月的缠绵。

土地、雨水、阳光、作物,我在与万物联结中更深入地爱你。当我贴近,你就是我,我就是另一个你,这是一个情感和灵魂洗涤与升华的过程。

"你可以,爱!"一个声音说。

我捂住脸,喜极而泣。

爱是什么?是给你快乐的慈,是卸下你伤痛的悲,是在你心田埋下欢喜种子的喜,是把我的一切都给你的舍,是刺穿阴晦的那把剑。我边爱边摸索,经验来自实践,在你没有出现之前,我只能在模拟中领悟。

当我们相爱,初设的程序被改动,一切都在爱的掌控之中,一切又无法预测。

93.

十月来了,我像个吝啬的地主,把每天的爱存起来,这是宝贵的精神财富,再多的金钱也买不来真正的精神欢愉。

窗外又有唢呐声响起,不知何人的生命簿上又被无情地画上了句号。梦起,在笑声中降世;梦灭,在哭声里离去。

我们能留下什么,又能带走何物?我确信文字会比我留存得更久远,就像我对你的爱,会以不同的样式呈现在你面前。

爱萌发的意念具有无法抗拒的魔力,所向披靡,人世有再多险恶的狰狞,在爱面前都不堪一击。

我爱,我的心在对你说,不管你身在何处,我知道,你都能听到。

又一次陷入幻觉:落日黄昏,我们背靠背坐在草地上看秋的天空,那么宁静。余晖洒在身上,带着秋的暖意。你我相视一笑,岁月如此静美。

94.

爱筑成一道坚固的防线,抵挡各种伪装的引诱。拒绝暧昧,连梦都是干干净净的。我的眼眸纯净如水,而你就在我的心里。

你可知想念到极致是种什么样的感觉?是突然的健忘,一切都消失无踪,那似乎是另一个多维空间,寂寥得令人恐慌。

念你的时候,就去人海打捞你的笑容,你说过的话,你写的文字,以及回忆的表情。我把这一切都糅合在一起,它们对我有特殊的意义。

我坦荡地爱你,心无遮蔽,你会写下怎样的评语?是不懂含蓄的直白,还是就喜欢这样的我?我没有问过你,你也从没有流露过。

还是去熬一锅小米粥,给你喝,暖你空空的胃。去露台收拾凋零的花瓣,把它们揉成汁抹在手腕上。当我向你伸出双手,植物天然的香味会让你神清气爽,而你回我一个坚实的拥抱。

95.

梦里,我为你写下大段诗文,醒来却再也想不起内容。

沮丧呵,我对自己说。

爱让心长出无数的爪子,拉扯我。这是一种难以表述的感觉,有着无法抑制的酸楚。

明知你一直在那里,从未远离,可我还是忍不住去问树,你在哪里?树摇摇头,拒绝回答。低下头看花,花缄默不语。抬头想问天上的云可曾见过你,重度污染的天气,云也杳无踪迹。只有秋风经过的时候,才有可能带来你的口信。

你不在我身边,却知晓我的一切。而我在幻想中走向你,走向这条充满无限生机的路。

抱紧双肩,秋已微有寒意。当你抬头看到空中飞鸟,是否会想起我面对你时无邪的笑脸?

96.

每一个有月的夜晚都属于相思。我爱,这是我写在日记本上的话。

今夜,明月高悬。

有一句话从脑海里闪过,"所谓幸福,就是我在想你的时候,你也正在想我。"

有爱的人生是丰满的。

丛林、峡谷、河流、山川,月在巡视人间。

她看到:许多梦来不及发芽,就已经枯萎,许多人还没有相遇,就已无踪。

人世间的悲欢离合,总是跟月连在一起。

月何幸? 月又何辜?

你是我的太阳,而我是不是你无尽暗夜里的那弯眉月? 好想成为你在水一方的佳人,给你诗的意韵。

望断秋水,不见你的身影。我只好备下两只酒杯,斟满美酒,一个人独饮。

97.

走过一程又一程,漂泊的流浪者,在寻找心的归宿。

十字路口,不同方向通向不同的目的地。有人收获沿途风景,有人挣扎在重复的噩梦中,有人遭遇挫折后迎来曙光。而我在历经千辛之后,终于等来了爱的小舟。

暗潮涌动的海,礁石躲在平静的洋面下,前方还有莫测的风暴。胆怯者不敢前行,只有勇者才无惧一路的惊涛骇浪。当我选择了爱情,爱就似磐石,坚定不移。

秋已走向纵深,大地在轮换主角,每个人都有自己的舞台。爱从来都不是强者对弱者的同情,而是来自心灵的欣赏。

你若是山,我就是那峭壁;你若是松,我就是另一棵挺拔的树;你若是奔腾的江河,我就是飞瀑的起点。

就这样爱你,在爱的千回百转里。

98.

"此生别无去处,只想活在你的身边",这是今天我想对你说的第一句话。

窗外,天色已明。

小鸟在树枝上啁啾,我愉悦它也愉悦,我烦躁它也烦躁。就像我在每个夜晚,睁开第三只眼,去感知你的喜怒哀乐。

我日夜歌吟,爱,依然无题。无法抗拒,又不能转移。那就微笑着接纳这份馈赠,无论丰厚还是贫瘠。

交给你这颗心,你若揉碎,手上还是爱你的言语。你若丢弃,就自成风景,目送你离去。你若珍藏,心会融化雪峰,奔腾千里,给你万丈豪情。

这一切不是我在自言自语,是心在说,它在我耳边重复两个字:爱你!

99.

爱是一汪神奇的泉,始终不枯不盈。这泉水以你的姓氏命名,我把种子交给风,挥洒。等来年,就是遍野花开的盛景。当我醉卧花丛,你正好走到我的身旁,给我一个轻轻的吻。你会怀疑自己吻的不是我,而是春的精灵。

没有人会拒绝与一颗真心相遇,这是一段美妙的旅程,让我谱写出感人的歌词。

天还没有亮,我迫不及待地出发。为了让你看到我,我会穿上与你初遇时的那身衣裙,风吹动着我的裙裾,像海水拍击海岸,泛起洁白的浪花。

我在等你。熙攘的人群,你有着卓尔不群的风度,让我一眼就能认出你。就这样沉醉在歌声里,循环播放。有红晕浮上脸颊,我听到你真实的声音由远及近,难以抗拒。

100.

这个秋天,我在追踪一朵花。

跟着蝴蝶翩飞的方向,就能找到另一条蹊径。

心守一处,再多的喧哗都无关紧要,再多的过客都只能是过客。

挫折是化了妆的祝福,爱也如此。也许会有突如其来的暴雪,但只要爱的信念不灭,春风必能绿遍山野。

把你的爱交给我,加上我的情,一滴甘霖激活共存的代码。我真实的心思,只有你懂。在人海中,爱把我挑选出来,接受秋风的检阅。而我视野所及之物,皆被烙上你的神情。

我在构思一个故事,跟你有关,内容暂时保密,我只能告诉你,最后一个标点符号是省略号。

新的一天来了,我爱,我就是这个秋天的暗香,给你满怀的爱意。

101.

你站在草地上,低着头,似乎有什么吸引了你的视线。

抬头呵,我爱,我想看看你。你的目光不是落在我身上,我也一样欢欣。

为了能早日见到你,我做了许多准备,把紫色勿忘我藏在口袋里,让蜜蜂当信使,约你黄昏在花园门口相见。

你会来吗?我数着脚步,成双还是成单?风跟在我身后,掩着嘴笑我的幼稚。

心在剧烈地跳动,想你会不会出现,会不会在我身边稍做停留。百花园中,我是最不起眼的那一朵。是爱让我抛弃了冷傲,回到从前的样子,那个柔弱、文静,带一点妩媚与忧伤,情感丰沛与细腻的我。

当我终于捕捉到你的身影,犹如焦渴的旅人等来了天降的甘霖,即使你根本没有注意到我眼神里燃烧的火焰。

102.

我笃信灵魂不生不灭,置换的只是躯体,相似的磁场会指引我们在轮回中重逢。

星光里,我看到了你,你发现了我。

定格,此生不灭的影像。

就这样来到你身边,践行前世离别时的诺言。把这颗完整的心交给你,每一个长夜就有了不一样的浓度。一个不知如何去爱的女子,在你身上描绘爱迷人的线条。

真爱需要冒险。打开我们的心,让彼此看清对方的内在,完全接纳。

日子在一天天过去,我能握住的只有当下这一刻:你是我的最爱,我只属于你。

103.

爱是黑夜里的光,我不厌其烦地书写,从年少走到中年。年华已老,心却固守一念,等你。

等待,是我爱情诗的主题。

这是一种宿命,我心平如镜。

你来或不来,我都在这里。既然距离无法逾越,遥望中一样可以爱你。

寒潮即将来临,我小心翼翼地呵护着爱,不让它受到伤害。

爱你,又怕成为你的负累。我爱,我究竟该怎么做,才能在月的清辉里舞蹈?我不懂捷径,只会一步一个脚印,沿着曲折的路线行进。

我不是你梦中的女子,你却夜夜在我梦里。我说这是神奇,你摇头说不可思议。

104.

　　天很黑,我的左眼越来越昏花,右眼却越来越有神,我在思索这个现象,是否带着某种暗示。

　　当我独自叹息花的飘零,你让我看到爱从萌芽走向灿烂。还记得缘起时你说过的那句话吗？真心两字,让阴沉的天空突然铺满了彩霞,百鸟齐鸣,鼓乐奏响。

　　泪水模糊了我的视线,明知这只是一场幻梦,仍爱得如痴如醉,只因我等你太久。

　　我爱你,其实是在爱另一个自己。那个压抑、痛楚、淡漠,背负太多枷锁,努力活给别人看的自己；那个躲在阴影里,只有在夜深人静时才敢面对的自己。我心疼你,就是在心疼我自己。我怎么可以不爱你呢？就算有太多的缺陷,那也是真的自我啊,相互给予爱,才是完整的你我。

105.

沉寂的夜,思绪像难以驾驭的烈马,嘶鸣。

秋雨一次次想触及我的悲伤,又一次次被爱的烈焰逼退。

情深不寿。

我又何尝不知?可没有爱,永生也不过是一天的重复。当我连生死都不在意,还有什么可以阻止我与爱同行?

明知我只是你匆匆的过客,我仍要在你心壁刻满我爱你的誓言。这些文字会在你午夜梦醒时凸现,让你想起有个女子怎样闯进你的生命里,她说爱。

"今夜,我可以在这里停留,为你唱一支歌吗?"

你答应她在溪边搭起帐篷,看她在那里欢快地唱歌、跳舞。你说,喝完这杯水,做个梦就走吧!

一滴泪落在杯中,水杯满了。她说,我的主人,等我眼中无泪、杯中无水,就是我离开你的时候。

106.

生命需要裂缝,才能接受阳光雨露和爱的渗入。

来吧,我爱,与我对饮一杯。这是我酿的爱之源酒,馥郁、醇厚。

趁着微醺的酒意,我要聆听你的心声。

你说,灵魂的伴侣呵,是你给我这个尘世莫大的安慰。

这句话一遍遍在我耳边回响,让无数个孤独的夜晚,充满脉脉温情。

你给了我一粒爱的火星,我就让荒原在烈焰中永生。当你无意中回头,看到了芳草萋萋的绿洲。这样的奇迹,唯有爱才能实现。

听一首《我如此爱你》的歌。是的,我如此爱你,不管有没有明天。

这注定是一条艰辛的路,必须用心来丈量。即使曲折坎坷,那也是爱的历程。

107.

有一道伤口在阴雨天开裂,肉体的疼痛可以忍受,心绞痛让人辗转难眠。我爱,我不知如何才能打破魔咒,重获自由。

静夜深思,我终于领会自然界的秘密在于耐心和持久,万物都在行使自己的权利。爱,是相互的感应与影响,倘若你拒绝付出,又如何来接纳爱的给予?

寒风在冥想中肆虐,我衣衫单薄,拿什么来抵御漫天飞雪? 心告诉我,只有顺服于爱,归于爱,才能真正获得爱的无坚不摧。

流水捎来你的消息,他说你正在欣赏一池残荷,水墨般的意境。

音乐停止,连同你的声音,一起消失在云端。

窗外,另一种喧哗又起。

一盏孤灯,开了又关,关了又开。

108.

雨一直下一直下,似某种心情。这个雨夜,当我站在石桥上,流动的河水问我,谁能握住它的走向,是风还是河道。

我说,是信念。

走在修行的路上,若想飞升为神,就需要多次渡劫。没有苦痛的磨炼,又如何感知真正的喜悦?雨收走了桂花的甜香,但我知道,只要有暖阳,她又会重新绽放。

穿过长长的老街,看灯光下细密的雨丝,纷纷扬扬。我用文字宣泄对你的爱恋,明知你不是我的将来,仍爱得一往情深;明知心事终成空,仍愿意等成海边的一块石头,面朝着你的方向。

雨落在眼里变成了泪水,肆意奔涌,无比的畅快。曾经以为我已流干了泪,是爱让我换一种活法。

等天泛青,我依然会打着伞站在那里,微笑着对你说:早安!

109.

把你放在心的最柔软处,自动屏蔽令人窒息的雾霾,给你清新的空气。倘若我的爱与世人无异,你就不会停留,而我也无须记录爱你的每个脚步。

不想让你孤单地行走,哪怕只能陪你到前方的拐弯处,我也要与你十指紧扣。

我爱,当我想你时,你沉寂的心弦会发出悦耳的声音。当我驾着思念之舟,逆流而上,你站在河岸,凝视沉默的河流。

一场秋雨一场寒,因为你,我不再担心万物萧瑟,那是自然的客观规律。就像爱,付出就是最好的获得,这才是爱的真谛。

天地恢宏,我不再遗憾你的过去没有我的参与,忧虑你的将来是否有我在身边。怀一颗纯洁的心爱你,那里没有阴暗、狭隘、自私,只有柔和的光。

110.

我用笔在纸上勾画你行走江湖的样子,目光冷峻,旁观红尘沉浮。你的身上有一种令我着迷的气度,我找不到准确的词语来表达,只能用笔墨的浓淡来寓意。

无拘无束的飞腾是你的终极目标,可现实又让你无力挣扎。在狭窄的夹缝里寻找生存的空间,我爱,谁不是幻灭中的主角?既然谁也无法逃脱共同的结局,那就坦然面对。

我在等你,等你来到我身边,告诉我,你在爱。

听《白日梦》,向往秋之高远。透明,触手可及的蓝。

一棵挺拔的树,无论开花,还是结果,都是它的使命。

我的使命呢?转过头,我看到了你。

何时,让我以一朵花的妩媚开放在朝阳的坡地?芳华早已不见踪迹,年华断裂为水,一地碎片。

111.

一个吻,就是一枚私章。

回忆那个夏日的午后,你在我唇上轻轻一吻。一生二,二生三,三生万物,我的情只归于你。

有雨丝飘来,打湿了我的脸,与泪水混合在一起,分不清是谁的滋味。

我爱,在你之前,纸上的情诗只是单薄的字符。是你让那些普通的字鲜活起来,一天比一天厚重。

沿着季节的花径,重温我们走过的每个脚印,深深浅浅,无比珍贵。

"缘起,我在人群中看见你",从此魂牵梦萦,再也无法把你抹去。

风中有花草摇曳,我让它们保密。我早已忘记年龄,撕下俗世的标签,只有单纯的爱,回归的人性。

112.

天亮了,我穿着布裙去草原,看花朵苏醒了没有。每一朵苏醒的花,我都读成是你对我的表白。

这是我喜欢的新花语。

不要笑我,在你面前,我就是那个痴傻的孩子,从不掩饰自己的欢喜。

昨夜,我可曾走进你的梦境,迟迟不愿离去?情似火,炽热。不要扑灭呵,这是心的活力之火。

我是勤劳的牧羊女,当你骑着骏马急驶而来,我站在路边,向你献上新鲜的羊奶。爱就这样莫名地占据了我的心房,如此强烈。

你用箭射向东南西北,手在空中画个圈。这是你新的领地,那里有我和我的羊群,还有茂密的水草。我不再迁徙,在山脚下安营扎寨。自己动手,垦荒,许一个丰衣足食。

当我仰首,天空有纯净的蓝,一朵云恋着另一朵云,如此缱绻。

113.

你是我梦想的爱。

在你没有来临之前,天那么黑,我努力挣扎,想大声呐喊,可冰雪封住了我前行的路。寒风中,我的眼泪凝成琥珀,等一双温暖的手捧起我的悲伤。

把凋零的花瓣收集起来,让它们与洁净的水葬在一起,才觉得没有玷污了那香魂。

在佛前祈祷,问佛,我要蹚过多少条河流,踏过多少座高山,才能遇见你?就像小溪遇见海,顽石落在山岙,阴与阳的无缝对接。

佛说,等。

当青春不再,爱的天使给予我最渴盼的呼应。一夜之间,枯寂的河床涌动清流,萧条的山川披上绿装。你穿过万紫千红的仪仗,走到我面前,牵起了我的手。

114.

我的心湖已沉睡多年,连鱼儿也忘了游动。你来了,捡起一块石头,投向湖心。涟漪的波光里,爱露出真实的容颜。

我说,我看到蓝天下一棵树的葱茏。

你说,这是生命蓬勃的力量。

天地在那一刻和鸣,是谁同时拨动了你我的心弦,奏出如此优美的旋律?

我的心很大,大到可以包容江河湖海。我的心很小,小到只能容纳一个人。我用铠甲保护自己的软弱,用欢笑掩饰心底的苍凉。我把心存在一个密封的空间,拒绝四面八方的风。当坚硬的鳞片自动脱落,你就是我爱情王国里的主人。

我爱,你俘获了我的心,让她似翱翔的鸟,洗净风尘,悄然归巢。而我在虚构的落花与流水里,给爱一个花好月圆。

115.

踏着晨曦,我去田野采集露珠,做你醒酒的汤。

你还在沉睡中,一场宿醉让你的记忆出现断层。你想不起何时醉卧在我梦的小屋外,对着夜空喃喃自语。是风敲我的门,才让我有机会从你含糊的语音里去分辨吐露的真言。

一字千金。

当我把你扶进小屋,暗霜从天而降,我为你躲过寒意而庆幸。

牵挂是一根线,一头系着你,一头连着我,中间转瞬即逝。我把你藏在心的相册,无数次翻阅。每重温一次,思念就加重一分。

你醒了,我躲在芙蓉花的背后,偷偷张望,看你从我面前走过,目不斜视。我没有告诉你,你喝下的那碗醒酒汤是我熬的。

弯下腰,捡拾一枚落叶。我在等银杏叶的黄和枫叶的红,我要在叶面上写诗,标题《给你》,那里有爱的悲悯。

116.

住在乡村,最喜欢与花草对话。

露台上的这些花草有主又无主,我任它们自在生长。

在这里,我接纳任何不知来处的种子。像芝麻,是风种的还是鸟的战利品?等我发现时,它已长成了节节高。还有几棵无名的小树,有着细长的枝条,根扎在砖与砖的缝隙里,我不知它们来自何处。

这些都不重要。就像你是我梦的主角,无论什么样子,我都认定就是你。我熟悉你的气息,像熟知青草与树叶的差异。

风吹着口哨而来,带几分得意。阳光太弱,抵挡不住风的气势,节节败退。但一旦风有所收敛,阳光又溜达出来。这多像我爱你的心情啊,怕惊扰你,就把思念按下去。可稍不注意,它又浮了上来。

"你在那里,我默然喜欢",这是爱的一种境界。

117.

早晨,打开柴门,看到门扉上插着一枝花,还带着新鲜的切口。没看到你的身影,我猜测这一定是你趁天未亮时放的。我把它养在青瓷瓶里,用刚取来的山泉水。

我爱,每当我不能说那个字时,就会让文字替我表达心中的爱。这一场痴恋,必将在时光的舞台上演绎出最令人震撼的乐章。你若现在让我形容,我只能摇头,语言贫乏。我只能告诉你,我从不吝啬对你的爱,这一切都是心的旨意。

秋风越来越调皮,它把紫茉莉的花籽吹得七零八落,还戏称,这意味着春天它们有了更多选择的机会。

这个时候,瑞香尚未含苞,它正在酝酿中。我不急,它也不急。

烧一壶开水,沏茶,把平淡如水的日子过成诗。你就是这首诗的内核,坚硬,无法剥离。

118.

这是一幅画。

大海,燃烧的落日,陡峭的山崖边是怒放的彼岸花。

我的诗情在想象中展开飞翔的翅膀。你看,海从丰盈到枯萎再到复苏,只因我等你太久。

岩石已风化,你的名字被沧海抹平,字迹依稀。我知道,你就在那里,以石的坚毅,任风雪雕刻,听潮起潮落。

江湖之外,传说扑朔迷离。

有多少桑田,就有多少个离人。千帆之后,桥归桥,路归路,不变的是那朵漂泊的云。当彼岸花又一次怒放,我拒绝饮下那一杯忘情水。

我怕,错过来世与你的重逢。

穿过漫漫的黑暗长路,我终于等来了这一刻:
晚霞的锦缎,沸腾的海水,瞬间写就抒情篇章。

前方,一叶扁舟正沿着江河的路径,顺流而下。

此岸。彼岸。
花开正好。

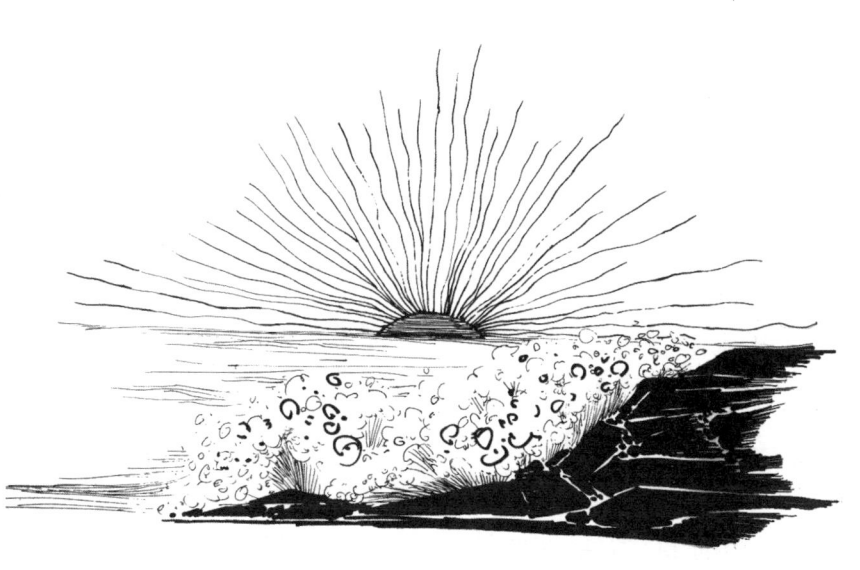

  我知道,你就在那里,以石的坚毅,任风雪雕刻,听潮起潮落。江湖之外,传说扑朔迷离。

119.

在宁静的早晨,阅读。

目光在字里行间流动,心却不由自主地想你,这个时候,你是不是已远离人群?如果有一双千里眼就好了,这样我随时都可以看到你。当我幻想这些时,喧嚣躲得远远的,不敢有丝毫的试探。

读累了就放下书本,去收拾花草。

花籽已经成熟,似黑色的地雷。我把它们收起来,等春回大地,把它们埋在田野里,等你经过时引爆,你会听到每一朵花都在齐声喊你的名字。

给你种了几支人参,只是生长缓慢,不知何时才能成熟。而我要随时给予它们营养,用草木的火焰消毒一部分新土,让它们平安度过四季。

我爱,我没能目睹你年少时的意气风发,但愿能陪着你,一起走向时光深处。

120.

暮色苍茫,我在想你脸上的表情。你笑了,我的心就跟着欢快起来。原来,真的有一种巫术,可以控制人的大脑神经,情绪的激昂或低落,痴傻或敏捷,这巫术被称为爱。

有人告诉我,爱情的保质期只有三个月。我说我要给我的爱情贴一张标签,上面写着永久。

我的昔日,像一张褪色的底片,到处都是水洇过的印迹。是你让我透过粗粝的生活表象,探寻细腻的本质。你是多重的象征,这就是让爱保持新鲜的基础。

夜深了,我化身精灵,游荡在繁密的树林。有挂满红豆的树,豆荚里是耀眼的殷红。我知道,你已从另一条路上走来。林间的雾气打湿了我的长发,刘海紧贴我的额头。

当你我重逢于十字路口,你深情地对我说,有你真好!

121.

秋,一天比一天深了。

大地慷慨地呈上盛宴,红得耀眼,黄得深沉,还有荣与枯并存的斑斓。

前方,一年中最萧条的时节即将登场,占领年月的封面。

我的每声歌吟都与你有关,一首诗、一枚叶、一朵云,看似缥缈,却承载着爱的内涵。

把你藏在心的最深处,无人打扰,连风都不行。没有我的允许,鸟飞不进来,蜂蝶被挡在花墙之外。那里只有你我,还有特邀的明月。

我收集了大量花籽,想和你一起在新春播撒,辛勤耕作,等鲜花烂漫。

我爱,爱于我泾渭分明。不要笑我一叶障目。你说,弱水三千只取一瓢饮。

这是你我共同的心声。

122.

季节,从灿烂走向低调。

内敛是一种品质。我要成为一株饱满的稻穗,越成熟越低头,而不是昂着头的秕谷,轻狂张扬。

这个人世,让我有一种天生的疏离。在亲历中感叹,又在旁观时警醒。就好像我一边爱你,一边要用尽力气去抵挡那些想熄灭我内心那团火的冷箭。

秋夜渐寒,好想化身为阳,给你连绵的暖意。当你身陷幽暗,我愿成为那一豆灯光,虽微弱,但能点燃希冀。

把你放在比我更重要的位置,你就是我思恋的全部内容。这是病也是药,我日日煎熬成汤汁,一饮而尽。

这不是我编造的爱情,你早已扎根在我心田,我也成为你无法割断的牵念。当你的目光停留在我的瞳间,我会捧着这颗欣喜的心,向你献上滚烫的热吻。

123.

爱在沉淀中浓烈,想起你,我就忘了自己。

心如此急切,像两棵不同类型的树,地底下,有密不可分的根须缠绕。

"我用一生等你,你不来,我不老……"

歌声在耳边回旋,似为我写的歌词。

回望来路,再多的繁花似锦,也抵消不了心的孤寂。拒绝春风的撩拨,扬起高昂的头颅,我是独行于天地间的流浪者,四海为家,餐风饮露。

曾以为心无挂碍,没有什么能牵绊我前行,谁知你的一个眼神就打破我的禁忌,让我成为爱的俘虏。

你的出现成为一道分水岭,我的人生从灰暗转向明朗。拥有你,我就拥有了全世界。

感恩,我在佛前,献上朝圣者的虔诚。

124.

悬崖上的树若想屹立不倒,根须必得长出柔软的力,紧密包裹岩壁。扎得越深,越能挡住狂风的肆虐。

我曾在西双版纳的热带雨林里,目睹过树抱石、石拥树的奇观。当树与石真正融为一体,那一声呐喊带着刀刃的锋芒。

这是一种怎样的意志力?瓦解了坚硬的石头,让它以牺牲自己的方式,来成全树的爱恋,又在爱中涅槃。

这是我向往的爱情,连死亡都无所惧。

不要问我为什么爱你,也不要问我为何如此多情。再多的浓情,我也只给予你。爱无法理性分析,我说不清,更无条理。爱存于心田,没有枷锁,也不被束缚,任它恣意奔放。

爱,搅动一池秋水,泛起经久不息的波光。

你看,爱让秋的河岸,有了春天般的景致。

悬崖上的树若想屹立不倒,根须必得长出柔软的力,紧密包裹岩壁。扎得越深,越能挡住狂风的肆虐。

125.

夜深人静,沉浸在思念里无法自拔。想你就是满天的星光,摘一颗,藏于心田。

听着《初见》的笛声,无数次回味你我的初见,时间越久反而越清晰。延绵的缘,埋下千里伏线,只等那一刻引燃。

我爱,很多时候我会产生一种错觉,以为这些感受是我虚构的故事情节,我只是你的陌生人。可心告诉我,你的呼吸,你的眉眼,你的声音,你的身影,你的爱,真实存在。

守着美好的爱情,我寸步不离。我要握着你的手,传递彼此掌心的温度。你若问我还有什么心愿,那就是给我一个没有限期的爱你的权利。

时间在嘀嗒声中过去,午夜的钟声响起,我急急去梦里等你。怕自己错过你的脚步声,我把门留了一道缝,等你轻轻推开。

126.

凌晨,我听到一枚针掉在地上,明明是惊醒了我的梦,却想着会不会惊动了你。

暗夜尚未退去,我在等天亮了说爱你。这个过程有时很漫长,有时很短暂。

曾经,我是个多么骄傲的人,任百舸争流,千帆竞发,我心无波澜。岁月,不过是一场过眼云烟。不知是谁在我身上下了爱情的蛊,从此你就成了我明天的一个悬念。

无数次幻想你的形象,用文字塑造你,让你有血有肉,有喜怒哀乐。虽然你无法听到我亲口对你说爱,但我坚信你早已洞悉一切。

当你在纸上复活,我发现真实的你与幻想的你一模一样。而你看到我的那刻,眼前出现一个全新的世界,有我的世界。

就这样守望,从一眼到一生。

127.

在我眼里,世间的男子只有两个,一个是你,另一个是其他人。至于他们是谁,与我无关。

山坡上,秋风乱梳我的长发。有人为了彰显自己的高贵,倾斜着眼,带着凛冽的寒,将我打入另册。我冷笑着把那些标签撕碎,丢弃在尘埃里,扬长而去。

我是浴火重生的凤凰,在狂风暴雨里展翅飞翔。电闪雷鸣,只会让我飞得更高。

给你我的爱,这是专属于你的浓情酒,你可以坐下来,慢慢品味。我不在意任何人的评价,只在意你的心里有没有留下我来过的印痕。

这世上,唯有爱可以抵御宿命深处的荒凉。

我要写无数首情诗给你。每当我默念你的名字,心海就掀起万丈波涛,没有人告诉我原因。

多想在此刻见到你,我要在你怀里做一个长长的梦,天崩地裂也无法将我唤醒。

128.

透过纷繁的世相,探知内在的本源,你我都有一颗素简的心。所有的游戏开始就是结束,唯有真爱才能长存人间。

我庆幸在岁月的某个站台,没有错过与你同行的这趟列车,一起奔赴爱的家园。倚靠在你宽厚的胸膛,我忘了前尘往事,也不再遥想未来。

把半生的经历快速翻过,用泪水稀释苦涩与痛苦,换后半生的爱和坦途。

秋已渐行渐远,寒冬即将上岗,爱灼热依旧。不信你把手按在我胸口,那颗心因为你变得越来越活泼。

这是十八岁的爱恋,但又比十八岁的爱更深沉。

我爱,当"爱"这个字从心里跳到舌尖,你想什么,它就变成了什么。

129.

我该如何诉说,才能让这些普通的词汇变得有新意,让你不会失去阅读的兴趣。可我不想刻意雕琢,自然与真诚是我的风格。

侧耳细听落叶的声音,速度跟风有莫大的关系。山里的枫叶红了,我准备去采两片来制成书签,一枚给你,一枚我留。把它们夹在书里,翻开,就会联想到跟爱有关的诗句。

如果可以选择,我想成为你窗外的一棵树,朝送暮迎你的身影。白天,让每片树叶都努力接收光影。夜晚,让它们变成灯笼,照亮你回家的路。当你在屋里叹气,我会焦急地摇动叶片,似有千言万语要对你诉说。

思念,突然而至。

很想问你,我在你心里是怎样的一种存在,而你早已是我的白月光,让荒原变成独特的风景。

130.

秋,用一枚落叶告别,预告冬姑娘要来了。

大地的色彩,今天与昨天,似乎没什么变化。但植物是敏感的,它们摆出各自的姿态,有的依然张扬,有的退守一边,有的已在养精蓄锐。

因为你,我用不一样的心境迎接冬的到来。

佛说:不可太执着。

我不执着于金钱名利,甚至不执着于生死,可是我爱,爱是我唯一的执念呵!为了与你相遇,我背弃了佛的教诲,用半生的伤痛换一次爱你的机会,只想与你谱一曲红尘之恋。

漫长的旅途,诱惑无处不在。伪装的虚情假意,粉饰的人生游戏。拒绝,不只需要勇气,还有信念。

一个季节又一个季节过去了,你的视线越过争妍斗艳的花丛,落在一朵毫不起眼的野花上。

紧锁的心门发出细微的声响,我知道,那就是你。

131.

我们是这个凡尘的孤儿,一直在寻找缺失的爱。

你把泪洒在夜的深处,一道道俗世的绳索捆绑着你,让你喘不过气来,只有我读懂你伪装的坚强背后有着怎样的无奈。

我要给你能给予的一切,我是你的母亲、妻子、情人和女儿,是你心灵的知己。我要陪着你一起历练,爱会让我们变得勇敢,充满自信。

我已不再是我,你也不再是你。我爱你爽朗的笑,也爱你不为人知的脆弱。有太多的话想告诉你,克制,这是我对自己的要求。你要轻松自在,我不能借爱的名义成为你的负累。

原来,爱一个人,真的可以做到无怨无悔。视你为高峰,我的心胸也跟着豁达;视你为苍松,我就是万里松涛;视你为海燕,我的爱就是浩渺的海洋。

132.

每一次梦中相见,心海就涌起欢乐的浪潮,拍击着,欢呼,久久不愿退去。我的泪却在你看不见的地方纷飞,只因真爱难得。

你的过去我一无所知,爱过谁,被谁爱过,你不说我就不去猜测。我也不知你的未来会被谁爱或去爱谁。我能确认的只有自己的心,我爱你。即使明天你转身离去,深入骨髓的相思,用最锋利的刀也无法把它剔除,又让我如何把你遗忘?

游走人间,昔日的我隐藏柔软,用粗犷对抗尘世的风霜。是爱让我发现另一个真实的自己,那个我喜欢的自己。从此,万物都是我的信使,传递我对你连绵不断的深情。

我爱,我为不能分担你现世的烦忧而惆怅。我是个无能的女子呵,这块贫瘠的土地,无法给你提供丰富的作物,除了这棵爱情树。我双手空空,只有一颗爱你的心。

133.

陌生的土地上,有树伫立田间。枝头,果实高悬,似灯盏。

这也是一种守候,鸟的美餐或成熟的跌落。

老街千篇一律,丁香姑娘是个已用俗的意象。眼前走过的每一个背影都似你,每一个身影又都不是你。

想你时,心就长出翅膀,快速飞到你的身旁。为了不让你察觉,我躲在一幢小楼里,窗户半开半掩。我知道,你会经过这里。

暮色将临,我看到你远远走来,连忙摘一片窗外的树叶,用指甲写了一个字。

树叶落在你的头上,你取下来,看到了那个字,还以为这是风的告白。

我爱,往事如烟,带走或留存,都不再重要。失去过,才会珍惜当下的拥有。路在脚下,舟静泊码头,我早已整好行装,等启程的帆升起。

134.

我一直在等待,却从不知自己在等谁。我的心被一些云雾遮住,直到你出现,我才醒悟,我要等的人是你。

又是夜晚,我在灯下重阅爱的诗章。那一个个字在纸上蹦跳,朝我扮着鬼脸。

我看到那个只属于你的自己,步履轻快,没有岁月的负累。青春,也不再是个奢侈的词汇。那个我的出现,弥补了这个我的所有缺陷。

把台历来来回回地翻着,每一次回忆,都会有生动的发现。我的每一个细胞都在感触你的真情,它们在爱的滋养下,一日比一日有活力,这是生命重新置换的结果。

多么美好的爱,让天空不再有阴霾。

135.

昨夜,我梦见你走进一个黑瓦素墙的村庄,站在村口那棵千年古树下。有年轻女子倚门而立,在阳光下梳她的长发,她多像你心爱的姑娘。

她向你走来,朝你妩媚一笑,似曾相识的恍惚,让你忍不住上前。她说,你就是她一直等待的情郎。你喜极而泣,握住了她伸过来的手。我很想告诉你,那个女子是我,又好像不是我。

醒来,梦境消失无踪,一切不复存在。

爱在一天天成熟,突破时空的阻隔,落地生根,并蓬勃发展。

想你时,把你从心里请出来,亲密交流。自你出现,跟爱有关的言语都是给你的。

我爱,我在现实中越沉默,想对你说的话就越多。其中有一句,我一直没有说出口:因为你,我才如此贪恋红尘。

136.

我爱,没有在最美的时候与你相遇,是我此生最大的遗憾。一直以为无人爱我备受摧残后的容颜,却忽略当下才是我的最好。

我总是流连于一个又一个的梦。

梦见自己在空中飞,风从耳边迅捷而去。有船乘风破浪,似乎在追赶什么。

千年古寺,我成了未卜先知的智者,对一位僧人预言。

话音刚落,预言变成现实。僧人惊奇,双手合十称一声女施主,我还以同礼。

我与树上的鸟达成某种默契,把鸟鸣制作成铃声,它们负责把我的问候带到你的面前。当你走出家门,它们会替我转达爱你的心意。

137.

阴郁的天气,需要阳光的抚慰,需要蓝天的背景,需要一串象征相思的红果。我爱,我把白天当成夜晚,把夜晚当成白天。可无论怎样穿梭在现实与想象之间,你是其中不变的主线。

就这样爱着你,当我说出这句话,天幕掀起一角,呈现恬静的黎明。

你会给我怎样的回应?

闭上眼,我就能触摸到你指尖输入时的心情,一定与我一样欢快。你的嘴角有压抑不住的笑容,又故作一脸严肃。我跳跃着跑去鼓捣你心的门铃。

那一刻,你属于我。

但,如果有一天你不再爱我,我会停止倾诉,含着泪微笑着与你告别。当我转身,我把爱留下来,在你看不到的地方继续守护你的晨昏。

138.

我不是个聪慧的女子,多次错解上天的隐喻,让跌宕起伏成为此生的主旋律。

在一堵红色的墙前,我神情凝重。什么才是我真正想拥有的?除了爱,我想不出第二个答案。

谁也不能永远停留在炫目的舞台,孤独的舞者,当午夜的钟声响起,一切又回到原来的起点。

那一场电闪雷鸣,竟成了催眠的摇篮曲。当天宇第一缕光芒涂亮我的额头,一个新的纪元开始了。

你是神的使者,云雾成了最好的道具。

伸出我的手,枯藤般的手,能否在下一个春天发芽?可我不能向前一步,前面是无边无际的海。

此岸彼岸,无路迢递。

139.

情潮如水,打湿我埋藏的心事。

一段新的旅程,倘若没有你,那将是多么的乏味。这世上,并不是每个人都能找到心与心的通道,我在幻想中和你地老天荒。

不要笑我多情,我们分别太久,久到差一点又错过这个轮回。

没有一艘船,不向往自由的水域,就像我,从没有放弃对爱的追寻。镜子里滋生的华发,告诉我似水年华已从指缝间流过。再回首,生命中的那些疼痛早已烟消云散。

我爱,我要重复对爱的赞美,就像海鸥对大海的依恋,云朵与天空无法割裂。

你会听腻吗?

你用眼神告诉我,你会珍藏这段爱的记忆。

140.

我爱,没有比你更强大的"侵略者",无论时间有没有出现空隙,你都一直占领着我的脑海。

不要问我这是一种什么样的爱,我无法用语言来表述。

每一个早晨,我把最干净的文字献给你。爱,经过一夜的沉淀,比昨日又厚重了一分。

何时,你会踏雪而来,出现在我的窗前?屋内,那壶茶已经煮开。

我准备了一对杯子,有着相似的图案,一阴一阳。这是我为你定制的茶具,日日用温热的茶水滋养。

雪还没有来,我不知你的归期。

不知何时开始,我收敛了自己的声音,耳朵变得灵敏。门外,很多脚步匆匆而过,没有一个是你的。

其实我只想在你身边坐一会,静静地读你。

读你脸上的皱纹,读你眼中的我。

那里,有爱的火焰。

141.

有人问,爱情是什么?

没有标准答案,不同的人有不同的理解,于我就是把你请进心里,让你成为永久的居民。我是那样肯定,没有丝毫犹豫,你就是我魂牵梦萦的爱。

雨下了一夜,急促,似夜行的路人,又似有满腹苦楚,悲伤成河。

今天是个特别的日子,一个跟生死有关的纪念日。如果你能送我一枝花就好了,我微微叹了一口气。我喜欢玫瑰,白的、红的、黄的,还有蓝色妖姬。当然,倘若是你送的,即使是一把野草,我也会开心不已。

我爱,是你让我不再因害怕深情后的冷漠,而拒绝爱的开始。我要一天天爱你,像日历,不提前,不遗漏。

请你拭目以待!

142.

我喜欢在午夜,走向你的城堡。我坐在你床前,守着你。你入睡的样子让我迷恋,嘴角微微上扬,有个好看的弧度。我在你的唇上偷吻,带着雨露的清凉。

当你醒来,我已离开。你不知道我来过,只是纳闷自己的梦,为何带着旖旎的色彩。

银杏叶半青半黄,等我来到它们身旁,叶就落了。捡一片,读叶写给大地的情诗。似曾相识,忽然我恍然大悟,这是我朗读给你听的书信。

我要去千年古刹,还愿。我已找到久觅不得的好时光,那就是有你以后的每一天。自从把你放在心里,心就满了。世界这么大,我的心只有在你面前才如此慌乱。

鱼溯流而上,只想找到出发的地方。我逆风而行,只为与你相伴。

143.

凌晨三点半,窗外响起淅沥的雨声。大脑像台放映机,不断回放,把熟悉的内容嚼出新意。

我的一天从倾诉开始,倘若没有,这天似乎没有来过。除了你,没有什么能引起我书写的欲望。我的每首情诗只有一个主角,那就是你。

有人说,主题太狭隘。

又有什么关系呢?这是我心灵的声音,铿锵、有力。

你是我前世的亲人,我们拥有相似的气质,无论分开多久,最终必能殊途同归。

爱让我学会了耐心,慢慢阅读你迂回的心路。我荒芜的土地在那场夏日的豪雨后复苏,草长莺飞。

在冬季向往春的温情,爱情树已悄然枝繁叶茂。你想要的一切,我已为你备好,取走吧,爱不会让你失望。

144.

这是我幻想的场景。

天下着蒙蒙细雨,我站在路边等你。我忘了带伞,就摘一片树叶遮挡。当你走到我面前,你会看到我的眼睫毛上沾着水珠。

你问这是不是泪。我说,这是雨水。

有太多的话还未启齿,那些言辞就自动蹦跶着要出来找你。似乎只有这样,荡漾的心湖才能平静。

魂不守舍,万般牵念,我在喃喃自语,这样的爱一生最多只有一次。

读你千遍,对你的一切,我都兴致盎然。我要在上面偷盖私章,那是专属于我们的爱情印记。

我爱,假如有一天我离你而去,我也会在春天的花丛里回归,在月下为你弹琴。当你忧伤的时候,我会化作和风,吻你眼中的落寞。

145.

窗外,鞭炮和唢呐声惊醒了我的梦,又一个远行的人踏上了归途。鼓乐齐鸣,如此的喧闹、张扬,唯恐天下不知。我们已习惯在活着时,活给别人看。离开,仍需要用大张旗鼓的形式来画上句号。

一生何其短暂,即使百年也不过弹指一挥间。我爱,虽然我们在一步步走向衰老,但爱在一日日丰厚,让未来充满无限的可能,这就是价值。

我爱你,这爱存在于有形与无形之中,在每个长夜慰藉你的寥落,而你要见证我今天以后的每一步。

当我睁开眼睛,又是新的一天。倘若没有睁开,那就是最后的符号。谁也无法确定下一分钟会发生什么,但我可以确定对你的爱不会轻易改变。

146.

我梦见你来到我身边,轻拂我额前的发,让我更清楚地看你。

你还是初见的模样,只是眉宇间多了几分沧桑。我的眼睛刚下过一场雨,带着湿润。你的怀抱宽厚又温暖,我像一朵偎依着山峰的云,卸下千万里来去的风尘。

不要惊醒我,冬季到了,我用爱来对抗寒流。

当我孤单,我会理解你的孤单;当我无助,我能感应你的无奈;当我软弱,我能触及你的绝望。我给不了你这世上的最好,但我可以给你我的最好。

新的一天,我的爱同步更新。

我爱,我用文字堆砌爱的宫殿,我们在那里相爱、相守,不曾别离。

147.

自你出现,我爱上了黄昏,那些诗意的遐想,因爱而铺成。等夕阳西下,我的问候就会出现在你面前。

我像初涉爱河的少女,心怀纯洁,热烈地爱你。不用担心燃烧得太快,来自地层深处的野火,一旦点燃,就是一生。我深沉地爱你,似潭底的玉石,任青苔掩去真颜。我温柔地爱你,丰盈饱满,情真意切。

祈盼和你虚度光阴。我的爱既有风花雪月的特性,又有烟火的温情,经得起平淡的考验。

一心定乾坤,变化从来都不是来自外部,而是内在。我已读懂那本天书,找到通向美满的途径。

昨日种种已逝,未来已来,你看霞光万道,那是你的坦途,我的希冀。

148.

凌晨三点五十八分,我翻开了今天的日历,我爱,第一句问候给你。

你在我心里根深蒂固,无数假设,找不到任何替代。情有独钟,才能给你独一无二的爱。

在静谧里追忆,我的爱可以追溯到远古,你为我画眉,我为你添香。当你在书房奋笔疾书,我坐在窗前品读诗词,旁边放着绣了一半的鸳鸯。

我们去山野踏青,以春为标题,各自赋诗一首,看谁的诗写得更为精妙。

雾霭渐起,点一豆烛光。

夜深了,让我为你披上御寒的衣衫。

当我在想这些的时候,眼前浮现的情景变得那么真实,似乎一切都不是幻影。

149.

我和你走在一条陌生的街道,手拉着手,踩着相同的步履,猜路边梧桐树的年纪。

拐进一条小巷,老旧的房子里有沉积的尘埃,不能触碰,一动就会扬起许多灰。木窗户半开半合,一扇窗背后藏着一个故事。我们好奇地张望,似乎想探究什么。

游离奇怪的梦境,我在其中,又不在其中。不知你的梦里是否也有过相似的困惑。

我爱,我要用欢畅交换你的忧愁,用光明替代你的阴影。我日夜修炼,爱是最好的动力,鞭策我去征服一个又一个挑战。自信源于对自我的把控,倘若我不能看清楚自己的心,又怎么能对你说爱?

经历过最深的伤痛,才能拥有梦想的爱情。前半生的挫折与磨难,就是为了这后半生深沉的眷恋。

150.

在寒潮来临之前,大地井喷最后的斑斓。这色彩,再高明的画家也不一定调得出来。

枫叶解相思,这太普通。我还是用金色的银杏叶,去写一首藏头诗。

我的心里藏着一个小女孩,她不按常理出牌,想出来时就出来。她要求我把她带到你面前,问你讨一颗糖吃。当她的愿望得到满足,她会兴奋地蹦跳。

我爱,我离你那么远,无法穿山越岭走到你身边。我离你又那样近,心与心连在一起。

爱具有特殊能量,改变了我对这个世界的态度,从对抗到和解,我已走得太久。

一切的未知存在于已知之中,已知里又有太多的未知。我与你发生了化学反应,诞生新的元素,令人惊奇。

我已分不清这一切是真还是幻,只知道心里只有欢喜。

151.

　　顺着江河而下,我是一条渴望与你相濡以沫的鱼,怀单纯的愿望,游向你。

　　遍地罗网,也无悔爱的执着。

　　青山含黛,起伏的曲线,倒映在海平面上。明知无舟可渡,仍想借这片刻的宁静,在红尘,与你比翼双飞。

　　我无法走近,又不忍远离。人生就像一枚硬币,得到的背面是失去的遗憾。千言万语从齿间滑过,最后化作轻描淡写的叹息。

　　夜色渐浓,渔火与灯光交织缠绕。

　　谁,临湖而立,凝视这浩瀚的幻象?

　　停滞不前的舟,像时光,在某个瞬间,失去多重含义。

　　月亮,穿过流云而来。

　　她说:圆满,是一种希望;而残缺,恰是生活本来的面目。

152.

没有月,只有一夜风雨,让心事飘摇。

很多话来不及说,又有新的话冒出来,却没有一个字吐露在外。我是个勤奋的学生,认真学习爱的每个章节。我做了详细的笔记,每一页都用诗的语言。

比如今天,我写道:真诚的爱会自动滋生一种由内而外的力,即便卑微似蝼蚁,也能在爱里找回自信。

你有这样的体会吗?我爱,心不会撒谎,爱就是爱,如此肯定,没有模糊的边界,黑白分明。

窗外雨声密集,很多故事隐在黑夜里,待猎奇的笔去挖掘梳理。很想伸出我的手,穿过梦的阻挡,在你的唇上稍做停留。又怕手指带着寒意,让你着了凉。

抬头,对面虚位以待的是谁的位子?

烛光幽微,我在花朵的暖色里,重温与你的相遇。

153.

银杏叶一遍遍被雨水洗刷,干净地腐烂比污浊中的沉沦更令人疼惜。我看到两片相似的叶,从不同的方向出发,又在某个节点会合,这是一首诗的意蕴。在你还没有出现之前,我已提前在文字里未卜先知跟你的情缘。

十一月的最后一天,我把拥有你的每一刻都擦拭一遍,不让它们沾上半点尘埃。神奇的爱,让弱小变强大,让怯懦变勇敢。

再漫长的夜,也有天亮的时候。天寒地冻的背后,是令人向往的春天。

我爱,你的光环来自我的心,这是一个女人对一个男人纯粹的爱恋,与任何附加的世俗标准无关。你若富可敌国,我也有自己的江山。你若一无所有,我就陪你共同创造。

这就是我爱的宣言。

154.

十二月悄无声息地来了,大地走向深沉。

我无法控制自己的心,总忍不住想为你做点什么,似乎这样,才能让横溢的情潮回归平静。

世人喜欢戴有色眼镜,衡量与计较,决定爱的去留。

这不是我理解的爱。我的爱清澈坦荡,具有光的特质。爱于我,没有得失,一切都是心的指引。这也是我能给予你的最珍贵的礼物。

你在等我吗?像流水,等红叶飘零,席卷着奔向终点。我在等,等你经过,即使无形,我也能感知你的到来。

有太多的禁锢,我要一个个去粉碎。在你面前,我希望自己成为千手观音,每只手都具有不同的抚慰功能,卸下你累积的疲惫。

我说我要给你自在,要把我的福报分一半给你,这样我们就能悲喜同步交集。

155.

此时,云是厚重的,似来不及化开的浓墨。

我总是莫名忧伤,又常常开怀大笑。在时光的长河里,我的记忆出现很多空白,似乎有个自动屏蔽功能,让我彻底遗忘那些亲历的伤痛。

人生注定是一个人的旅程,任何拥有都受时间限制。想到这里,悲凉潮水般淹没了我。

珍惜当下,这句话谁都会说,我把它当作座右铭。

就这样走近,不说一字,却心意相通。

爱让我们彼此独立,又相互依恋。是你让我懂得了付出与取舍,让爱在爱中复活,赋予它多重含义。

能量被激发,让我发现全新的自己,那里有潜伏的智慧。我要开拓一个又一个精彩,在爱的过程中学习、成长,这是爱最好的状态。

156.

我在一地鸡毛里发现美,从细微处体味你内心的孤傲,你的忧郁来自对自身的深刻认识。

都说人生无常。对付无常最好的办法就是去爱,也唯有爱,让我们有了超乎寻常的能力。

我想缘的妙不可言与阴差阳错。真正爱一个人,就愿意无条件地付出,只要你好好地在那里,我可以选择永远沉默。

每个午夜,我都会感恩上苍的仁慈,有你的每一天都无比珍贵。我的爱已无所求,只要你生活如诗,岁月静美。我的爱仍有所求,幻想某一天能带走你的心。

爱放射无穷的魅力,谁若读懂了它,就能破除迷碍,获得真知。是你让我睁开第三只眼,看清我们从哪里来,又将到何处去。这是个哲学命题,我已在爱里找到正确的解答。

157.

我已习惯每天在黎明前的黑暗里沉思,录下心潮的每一次涌动,相似的频率里,有客观的规律。

把积蓄的相思,存入爱情银行。我存的是定期,期限是此生的最后一日,天天生息,复利滚存倍增。存单上写着你的名字,你随时可以支取。

你是我一剑封喉的死穴,让我变成围着太阳转的小行星,无法停止。

被爱摄了心魂的女子,只有一个季节。

我要给你,你需要的爱,而不是我需要的爱。不流于平庸,独立于精神高地。我的爱是深海的珠贝,历经无数次磨砺,只为最后的璀璨。

就这样远远地看着你,心在欢腾,脸上却云淡风轻。可我又怕眸湖会泄露我爱你的秘密,那里有无法藏匿的千言万语。

　　我要给你,你需要的爱,而不是我需要的爱。不流于平庸,独立于精神高地。我的爱是深海的珠贝,经历无数次磨砺,只为最后的璀璨。

158.

在花瓶里插一枝粉色的相思梅,意为"你是我心中的姹紫",两枝千日红,不灭的爱,再加上三朵白玫瑰,组成我平常的小确幸。

你已完完全全占据我的心房。看到树,你就是树的挺拔;看到山,你就是山的巍峨;看到河流,你就有水的长情;看到云,我就想起八千米高空上的凝望。

我越来越不认识另一个我,那个爱着你的我,比现实中的我更勇敢和深情。

今日降温。可我丝毫感觉不到寒意,爱是心底的和煦,让我四季如春。有人问我何为天堂,我说和爱的人在一起就是天堂。

阳光忽隐忽现,天空被枝条切割。野果红得发紫,晚菊开得正好,所有的景皆由心生。

我爱,我庆幸先遇见最好的自己,再遇见你。

159.

凌晨三点,我从梦里跑出来,怕误了与你的约定。

打开门,四周一片漆黑,我爱,你是不是在山的那边徘徊?我提着灯,蹑手蹑脚地走出家门。

人们还在睡梦中,我不敢呼吸太重,怕打破这黎明前的静谧。就这样怀着忐忑的心,一路前行,我终于看到你站在夜与昼的岔道口,顾盼。

我朝你飞奔过去,手腕上的银器发出叮当声。你张开双臂,让我像云一样飘落进你的怀里。我知道,你的口袋里放着一把鸳鸯木梳,散发着淡淡的檀香,这是你送我的礼物。我的红唇在出发前沾了点花蜜,不知道有没有被风偷去。

天边,朝阳已在地平线上冲刺最后一跳。我们谁也没有开口,静静相拥,似雕像,定格。

160.

"倘若有一天我沉沦了,你要拯救我。"

这是你离开梦境前说的最后一句话。

我爱,我一定拯救你,不会让你坠落无尽的深渊。倘若别无选择,那就让我与你一起,无论是峰巅还是谷底,我都与你同在。

你不信爱的持久,说哪有永恒。我没有回答,只在那本你专属的爱情日历本上打卡,留下指印。

手中握着命运的牌,谁也不知道下一张会抽到怎样的牌面。只有当我们回过头来审视,才了然每一条线索都指向同一个目标,每一个细节都带着隐喻。

无处逃避,那就微笑接纳。

我们各自肩负职责,当两双手紧握在一起,精神的高度契合远胜所有肉体的欢愉。

161.

摊开手掌,复杂的纹路暗示人生的波折,这是一种历练。对这个世界,我一直保持着初识的好奇,找到一个与自我握手言和的办法。

放自己一条生路,我的视野才真正开阔起来,你才会出现在我面前。

此生最奇妙的事,莫过于我爱你时,你也正好爱上我。

这世上不会有无缘无故的爱,相遇并发生深刻交集的人必有不为人知的渊源。就像你我的缘,在很久以前就已埋下。

当我穿过漫长又阴暗的峡谷,缘的种子终于成熟,在某一刻破土而出。为了迎接你的到来,我用蚕丝编织衣衫。我的灵魂经过地火烈焰的频频锤炼,越来越通透。

爱无法称重,无法标价,所以从不存在等价交换。若非要说价值,最贵的就是心甘情愿。

162.

好神奇,我在梦中叫着你的姓氏,好像这样就跟你有了密切的联系。你肯定不相信,但这是事实。

为了专注,我的耳朵平时都处于关闭状态,唯独听到跟你有关的消息才会打开。我还具有超人的透视功能,能自动搜索你的踪迹。我的心只要想到你,就全盘激活,变得欢快起来。

倘若这不是爱,那什么才是爱呢?

这绝不是一份虚无缥缈的情感,它落到实处,由每个细微构成。我以每日为经,以文字为纬,编织爱的华章,赋予爱独特意义。

这是一份独一无二的礼物,任何人都无法复制,它只属于你。当我完成,我会把它放在花篮底下,上面堆满各色新鲜的花朵,踏着月光来到你的门前。

你睡得正香,我就把这一篮鲜花放在你的窗台,等天明,给你意外的惊喜。

163.

想起你,似有什么东西在拉扯柔软的心,让我心慌,束手无措,像一个病人。

是我的心脏出了问题?不,我已确诊,是爱让我无法平静。

爱上谁,其实就是爱上自己缺失的那部分,这不禁让我想起肋骨之说。就像你我来自不同星球,却神奇地拥有对方缺失的那张牌。

天作之合吗?我点点头。

当我身陷爱情,爱情就成了主宰,这是最好的结局。

冬走向纵深,但仍有一些姹紫嫣红在舞台上,水袖长舞。化身为蝶的银杏叶,硕果累累的小辣椒,逆光而笑的月季,有没有什么让你耳目一新?当我思考这个问题,你笑了。

你站在那里,看我用花瓣、树叶,猜古老的谜语。天地阴阳,有着丝丝入扣的奇妙关联,蕴藏无穷的奥秘。

164.

有人问,怎样的男人才能打动你?

我答,让我看到爱情模样的男人。

人海茫茫,相遇或分离,皆因缘的深浅。明知孤独是我的宿命,仍不愿放弃对爱的追寻。森林里,只有卓越的树,才能吸引飞鸟的停栖。我唯有自带光芒,才能让你发现我的与众不同。

就这样在多维度的时空里拥有你,一个动作,一句情话。哪怕这一切只是幻影,又何尝不是另一种现实?当我说拥有时,我已经拥有了想拥有的一切。

仰望天空,水洗般明净。阳光是磊落的,我的嘴角还来不及隐去羞涩,那是想你时的心动。

我爱,今生这一份痴情托付给了你,像日月托付给天空,山河托付给大地,万物找到各自的知己。

165.

有人说,诗意是逃避现实的借口。我说,这是生活中必不可少的调味品。

你看,那盆养了多年的海棠已经含苞,而瑞香即将绽放,火祭的容颜越发娇美,胧月又被调皮的鸟儿啄得面目全非。那两株来自山野的野蔷薇在狭窄的花盆里沉睡,它们只能开微小的白花,单薄的野趣,让我不忍丢弃。

茶花在枝头紧抱花蕾,不知道她在等谁。薄荷低调,稍不注意就会忽略过去。金银花的枝条保持生长的姿势,在等待重新萌生绿意。芍药的根还躲在泥土里熟睡。紫藤与石榴树同眠,它们都要等苏醒的号令。

自然是最好的淘汰师,经得起风霜,才能茁壮成长。万物同理。而我在等春的到来,如同在等你的信息。

166.

幻想和你共度每一个特别的日子,我的,你的,我们共同拥有的。我做好了记号,却不敢满怀期待。爱若要恒久,须经得住平淡,这是真理。

我对爱的理解已进入某种佛系的境界,看到了虚妄,但心依然炙热。

心最诚实,当我爱时,爱会指引我前行的方向。谁也无法逃脱爱撒下的情网,那就让我们以自己的模式相守。

天亮了,我在水盆里洒一滴玫瑰纯露,滋润日渐衰老的容颜。慢慢梳我的长发,我要把白发掩盖起来,免得你看到了难过。我的嘴唇渐渐失去血色,需要涂抹鲜花做的唇膏才能娇艳。

我要去露台剪一枝花,送给自己。当我这样想的时候,你的祝福穿过晨曦,无比悦耳。

167.

好想听你的声音。当我向夜空发射一支请求的箭,我的耳朵开始期待。

你没有回音。

我收起弓,换上粗布长裙,推开梦境的门。你果然在那里,被众人包围,谈笑风生。我站在角落,安静地等待,有人过来问我的姓名。你看到了我,微笑。我看到了你,痴迷。

还来不及等你开口,窗外下起瓢泼大雨。你的声音呢?只能搜索残存的影像。

这场雨如此豪迈,犹如我们的爱,声势浩大,你我都无法逃避。不知为何,我越来越健忘,曾经走过的路,被虚化,似乎从不曾有过,只剩下你和你出现后的日子。

雨夜,听花草树木在酣畅淋漓的雨声里按各自的意愿生长,听心里重复默念那个跟你有关的字。我爱,我在等天亮,等天亮后说爱你。

168.

梦着是你,醒着是你,半梦半醒还是你。

我在爱的幻境里沉迷,冰冷的寒意又让我清醒,我不能成为你的牵绊,我要给你助力。

寒露遍野,有霜驻足枝叶,沉静。我是月的使者,在你需要的时候出现。

每个人的好运,都是有限的获取。只有握紧,厄运才会节节败退,失去一席之地。

当我的脑海只有你,连花草都屏住呼吸,怕惊扰我的思绪。我的思绪漫无边际,在原野,在高山,在沙漠,在城市,在乡村,在你的视野能及又不能及的地方。

我被爱蒙住了视线,却看清了爱的本质。剥落虚幻的浮华,露出真实的核心。爱是自己的事,跟任何人无关,世人无权评判与干涉。

169.

我爱,你是我心的柔软剂。

在那个夕阳余晖的黄昏,你的身影从我眼前一闪而过,令我再也无法忘怀。

从古至今,有太多描绘爱情的诗词,让我在今天深刻理解何为情根深种。

当我走进你的心里,这万金不换的寸土,成为我的领地。我在那里扎根,不再离开。

梦是我们相会的舞台,布景不同,剧情有异,长长短短,可主角从不曾替换。你在疑惑,想找到缘由,爱为何来得如此汹涌?我无法解释,只有心知,你是我失散已久的亲人。

既然是注定的因果,那就坦然面对,不再追问爱的短暂或长久。

170.

你不知道,每个夜晚,我都偷偷溜进你的梦里,直到鸡啼声响起,才悄悄离开。

那个时刻,你才完完全全属于我。你的精神、情感和身体的每一个毛孔都是我的,我在上面烙下自己的符号。

我的爱是特别的,它不符合任何一条世俗的标准。我的标准简洁、明了,只有爱或不爱。江湖流传我爱的无题,人们好奇谁能享受我秘制的情,那道爱情的门紧锁,从不见对外打开,无形的疏远让我冷眼旁观红尘男女的故事。

就这样静静地守护着你,那些滚烫的情话你有没有听到都没关系,当我开口,我已完成表达的愿望。

把每一天当作修行,爱就是最好的方式。当你拂去现实的尘浮,你会发现那里有我从不曾改变的真情。

171.

凌晨一点半,我从梦中醒来。

寒冷的夜,爱成了最好的取暖器。继续睡吧,我自言自语。在梦里,我又可以见到你。

这梦像电视连续剧,我在上一个梦里按了暂停键,下一个梦里又继续播放。

这是一个秋天的场景,层次丰富,枝头上的果实已经成熟,摇摇欲坠。你站在一棵大树下,光影透过叶丛,落在你的脸上,似乎想探寻什么。你弯腰捡起一片树叶,盛到极点即为衰。

我大声喊你的名字,你没有回头,似乎正要陷入某种情绪。一群人围着你,拉扯着要你加入某一个阵营。

当我再次醒来,梦境一片混沌,只记住了你的脸,清晰无比。我可以告诉你,也可以缄默,不让你知道我心的悸动。

172.

傍晚,我把一大捧花瓣撒在青石缸里,第二天早上,会有一缸结成薄冰的粉色梦。

窗外又响起扰民的鼓乐声,这是在欢送还是在默哀一个人的远去?有生必有死,百年不过转瞬即逝,帝王将相、凡夫俗子,没有人能逃脱这条回家的路。

打量凝固的花瓣,眠于晶莹剔透的冰层里,倘若能就此永生,也是一种完美。

有多少情深义重,被光阴之手无情折断,又有多少人真正懂得珍惜拥有?可我仍想书写爱的传奇,哪怕只是梦醒后的独舞。

当我走出家门,我在想你是不是也跟我一样,在万物的枯荣里阅读生活的启示录。

我爱,我想要的不是遥不可及的缥缈,而是当下的每一刻。

173.

"如果我不能爱你,那我也不爱别人。"这正是我想对你说的话。

宁可孤独一生,也不愿将就,我注定要另辟蹊径。

喜欢在花草树木间与你对话,你的每个表情都连着我的神经,当你开心地笑,北风都变得多情起来。

我常常把幻觉当成现实。比如取两只茶杯,你一只,我一只,我在两只杯子里各倒了半杯茶,一个人喝完。比如拿来两本书,交叉着看。比如拿来两本日记本,一本写上你的名字,一本写上我的名字,我用两种不同的字体写不同的心情。

当我面对夜空,爱溢了出来,必须有所释放才能达到某种平衡。这是一脉泉眼,日夜不停地涌现。

你若问何时枯竭。我说,爱消失之际,就是心枯竭之时。

174.

想写一个三生三世或更多轮回的故事,你我是男女主角,身份可以互换。是从古代穿越过来,还是从现代穿越回去?我正在考虑。那些梦的碎片就是素材,我要把它们串起来,一片片考证。

不要以为我在杜撰,我已偷窥天书的内容,只是不能透露太多。到时候你会找到一直想要的那个答案。

这个时候,你在做什么呢?想起你,心就有了一种欢畅,这不是物质能满足的。

以一颗欢喜心去爱,精心耕耘爱的土地,认真播种。我是个勤劳的农人,即使已错过最好的季节,仍不想让土地荒芜。

等春意烂漫,你会迷失在花的海洋吗?小径深处,是一个废弃的码头,我刚打造了一艘船,正准备试水。如果你愿意,我们就一起踏上远行的航程。

175.

冬已至,春天不远了。

那些未了的缘已变成诱人的宝藏,等着我去挖掘。你我之间虽有无法泅渡的海,但遥望又何尝不是另一种幸福。

阳光下,仰视一棵又一棵树,各有各的姿态。哪怕只有光秃秃的枝干,也是另类的美。

每一棵树都坦然面对自己的兴衰,叶子留下或告别,必须有个选择。但总有例外,看,河边那棵香泡树上还有残存的果实,小而丑陋。而那些成熟的果实已在一次大风中坠落,有的被人捡起,有的已慢慢腐烂。幸或不幸,谁又能说得清。

竹柏结果了,第一次见,很想告诉你,又怕打扰你。

低头看身上这件旧年的紫色长棉袍,挽起的长发,似民国女子的剪影。

还是让我写一首诗吧,以叶代纸,以指作笔,给你,也给岁月。

176.

江水,以缓慢的速度通过季节的闸门。

没有人知道它想带走什么,落叶也不知。随波逐流或借机奔向大海,不同的人有不同的解读。

当我凝视江水,脑海里浮现的却是你的神情。你的心似深井,望不到底。我就不停地把花朵扔进去,把野果扔进去,趁你不注意,我把自己也扔了进去。

我爱,当你阅尽繁花,就会了解什么才是自己真正的需要。情有归处,在你面前,我无须俗世的面具。

我在期盼一场春天的约会,穿上素净的衣裙,备好美酒,等你。

你来了,我会按捺住激动的心情,慢慢走向你。如果你给我拥抱,我会主动在你耳边,轻声说,好想你。

177.

黄昏,我给你写了一封信。落款,我用红唇代替签名。爱与年龄无关,这是心真实的流露。

封上口,才想起我不知道你住在哪里,怕因为查无此址给退了回来。万一被长舌的风看到,就会给你带去困惑。我把信锁起来,这不是第一封,也不会是最后一封。

我从一片叶子的一生读懂了禅意,谁也无法抗拒自然规律,所有的拥有都有期限,这才是最残忍的真相。

是你让我学会珍惜。在纷繁的人世间,你锁定了我,我锁定了你,我们彼此交换钥匙,相视一笑。我的情潮汹涌,是你引导我在细水长流中滴水穿石。

你不在我身边,可我时时错觉已与你度过了无数个春秋。就这样隔着距离爱你,我的爱不是盲目的崇拜,而是心的取舍。

178.

我在搜索白色紫罗兰的花语,喜欢"让我们抓住幸福的机会吧"这一句。我把这句话抄在一张纸上,想趁你不注意的时候,放进你的衣服口袋。

当你发现,会给我一句怎样的回应?

夜深人静之时,我总是反复回味你说过的每句话,不漏下任何一个字。这些字,都带着温度,鲜活,它们被我酿成滋润身心的琼浆,不舍得多尝一口,怕一饮而尽后是深深的落寞。

柔肠千回百转,挥之不去的是那无法抑制的牵念。爱在心底回旋,以风的速度,登陆梦的海岸。

在静寂中打坐,你成了意念的聚点,无数的光围绕着你,有新芽萌发,我时时在开拓爱的深度与广度。

拿起笔,我又在纸上加了一句话:你在哪里,爱就在哪里。

179.

我喜欢每天有这样的时刻,一个人,安静地煮一壶茶,把心里话说给你听。茶点呢?切一小碟苹果,寓意平安。

思绪拉着我四处溜达,让我回到从前。早上是活泼可爱的孩子,中午是娇羞的少女,晚上你希望我是什么角色?

我在想象中与你并驾齐驱。

没有什么可以阻止爱的蓬勃,你出现或没有出现,我都感觉时刻与你在一起。我的爱既可以翱翔九天,又能深潜海底。我以单纯来对抗复杂,执这一招走遍天下。

当我心无杂念爱你时,天地都向我倾斜,一条只为我开辟的通道,让我看到了爱的秘境。它是连接前世今生的桥,我在这头,你在那头。

180.

露台上,一盆鲜艳的火棘,红得让人分不清是冬还是春。这热辣的色彩令飞鸟也忍不住逗留。

当我忧郁时,只要轻呼你的名字,快乐就像泉水一样冒出来,止也止不住。这世上还有比这个更让人欣喜的良药吗?

又一只鸟匆匆掠过,似在追赶什么。我请它捎个口信给你,我已给蔷薇换了土,等花开之时,不要忘了你我的约定。

当我想你时,荆棘都会为我让路,只有芳草赖着不走,它在等我的裙裾从春风里扫过,说要欣赏我窈窕的背影。那些冬眠的动物还在酣睡,等第一声春雷。

这是一个令人鼓舞的过程,从冷漠到多情,中间就隔了一个你。我爱,你无意中开挖了一座富矿,深埋的情愫被一一打捞上来。这座富矿,你拥有永不过期的开采权限。

181.

昨夜,我梦见与你重逢在爱的湖畔。我穿着那条湖蓝色的长裙,等月上柳梢头。在等你的分分秒秒里,心似千千结,缠绕,无法解开,也不想解开。

我很想知道你的心情指数,似乎这样,我就能与你同步,共饮同一条江水。你既是我久远的回响,又时时给我新的灵感,你的出现是为了让我写下爱不朽的诗篇。

我早已深深折服,爱可以让人重生,洗涤蒙尘的心灵。让悲观者充满信心,让哀伤者忘却伤痛。

当爱你变成最愉悦的一件事,我又怎么可能轻易放弃?遥遥相望,那也是别样的体验。距离,不一定会产生隔阂,只要心在一起,任何阻碍都不堪一击。

就这样爱你,在有限的时间里,给你无限的爱恋。

182.

如果没有梦见你,我会在纸上画一棵盘曲多姿的树,树下是一个人,你或我。

等待是这一组情诗的主题。

画一地向日葵,当成那是你的心房,我躲进去就拒绝出来。

当你向我摊开手掌,我会用一个爱字压住你坎坷的情路。这个字不会褪色,一旦写下,终身相随。

我还要告诉你,这世上有一种爱,叫"我与你有着同频的疼痛与悲欢"。

你若是浩瀚的海,我就是一条误闯入你海域的鱼。没有一条鱼会抛弃大海,离开意味着死亡。

那就让我紧紧偎依着你,在这阴晦的雨天,哪怕只有刹那,于我也是永恒。

183.

寒冷的冬夜,与一朵花对视,痴想。

你在向阳的山冈,我居幽深的河谷,我们之间隔着无法逾越的天险。如果不是奇丽的云霞指引我的羊群,我又怎会在溪流边碰见你?

那一刻,你是追风的少年,我是牧羊的少女,当我们视线交集,爱上你只需一秒,忘记你却要一生。

在每个清晨,我都会爬到山顶,远眺。很想为你唱一首歌,可又无法开口。我没有告诉你,我是个哑女,只有这些花草知道我是怎样地爱你。

风停了,我又赶着羊群出发,寻找水草丰美的地方。

我一边走一边观察风的走向,也许,在下一个风口,我又可以看到你的身影。

你若来了,会看到一个穿着布衣的少女坐在山坡上。当她听到你的声音,回头,有泪珠滚落。

184.

我要采集大量优美、生动的词语送给你,一个词一块砖,为你铺一条崭新的路。

路的终点,是我们爱的小屋。

今天,我还想做很多事。

比如酿一坛百花酒,制作冷香丸;比如在诗笺上写一首小诗,念给你听;比如和你一起欣赏青葙,你也是个有冲天之志的人呵!

我分不清这些是爱的想象,还是想象的爱。我只知道,当新年的钟声响起,你就在我心里,和我一起举杯,同醉。

曾经,我受过太多的惊吓,唯独你是我的惊喜。当你出现,我半生的阴郁被阳光驱逐。遍野芳菲,我让每一朵花都朝着你来的方向,让每一只飞鸟都熟悉前往你家门的路径。我还在每一棵树上刻下你的名字,这样无论我坐在哪片绿荫下,都会把它们当作你的幻影。

185.

每一朵花都是我的老师,它们不急着开,不急着凋,就像我的爱,从缘起就慢慢走向永久。

静下来,就能听到内心最真实的声音。

给你,我的最爱。

甜美的笑容。自由的心境。虔诚的祈祷。

我要你今后的岁月,被温柔以待,期望每个人都能获得灵魂之爱。

献给你一朵永生花,我的祝福就藏在花苞里,你可以看,也可以装作没看到。

人生是一幕幕或荒诞或欢喜或悲哀的连续剧,我们早已失去远古的战场,漂泊无依。我怕流沙会淹没最后一片净土,让我再也无法对你说出心里的话,所以总想告诉你,如果爱,请一定要表白!

186.

新旧交替,有的树叶越来越黄,有的早已飘零,等待腐烂成泥。茶花最热闹,边开边落英满地。

无数次把那句问候的话写好,又轻轻删除。为了缓解相思,我只好去一遍遍重阅昨天。

你在我的爱情里一天比一天成熟,这成熟包括你的弱点,这也是其中的组成部分。只有真正读懂,才能完全包容。我常常会按自己的理解去构造你的生活,这似乎也是一种体验。

这个冬天,寒流被挡在门外,无法进入。心的原野生机盎然,连风都变得那么轻柔,怕花瓣与花瓣摇曳时会发生撞击,疼痛。

我爱,我要成为你精神的桃源。当你身陷泥潭,请不要忘了抬头看天空,那朵最洁白的云就是我爱的投影。

187.

雨,如期而至,让焦渴的土地得以滋润。

从想念里抽出情的丝线,系着你我,倘若心没有感应,又如何被称之为爱?

"没有哪个冬天不可逾越,没有哪个春天不会到来"。我爱,我想说,"没有一个夜晚不枕着回忆入眠,没有一个黎明健忘对你的祝福"。

伸出双手,那里有虚无的空荡。是你让我看到爱丰富的层次,似一缕阳光穿透阴霾。

雨声越来越密集,心潮起起落落。你可知我在怎样地爱着你。我的心已急切地发布了春讯。我坚信石头会开花,龟裂的河床会在某一个夜晚重新响起激昂的春潮。即使这爱是一杯毒酒,我也饮之如上天赐予的甘泉。

188.

我在插花,紫色的洋桔梗配黄玫瑰与绿色的康乃馨,还有一枝黄花。这束花的名字叫"心愿"。

点一支细香,我选了"不变的爱只给你",这是我的心声。在佛前,我也是如此祈祷。

想起你,天就晴了。

门外,墙角的那棵红梅正在酝酿,星星点点的花蕾需要几场春雨才能真正鼓胀起来,在春风中绽放。

我的思绪总是不自觉地滑向你,似乎那是一个港湾,可以让我的小舟停泊或重新启程。我是爱的富翁,给你的那张爱情支票,是无限期的空白,金额由你填写。

爱让人痴迷,也令人清醒。我不断修炼,由内而外,活成最美的自己,独立又深情。

189.

我被一个梦惊醒。

你已出发,前往我的庄园。而我刚刚苏醒,还没来得及梳妆。寒流还没有走,我要为你准备暖和的坐垫、香稠的白粥。手忙脚乱呵,我甚至来不及开窗,让新鲜的空气进来。

我好焦急,时钟在快速运转,一刻不停,我却不知道该如何迎接你的到来。我的手是空的,除了拥抱和香甜的吻,我还能给你什么呢?

天已微亮,你与幻影一同消失。

不要问我为何总梦见你,我控制不了梦,它没有束缚,自在,我只能任它在那里随心所欲。

我的爱是一张崭新的白纸,每天在上面画一笔,日积月累,那里就有了青山绿水,竹林茅舍,湖泊高山。等你乘风而来,与我泛舟湖面。

190.

盼春的脚步早日到来,我要与你赴一场又一场花事,不错过,不辜负。可我知道,这只能是梦的延续。

窗外,北风正暴跳如雷。

那就让我带着你去幻境同游,当我看到玉兰,你也正在欣赏;当我惊讶于樱花的绚烂,你看到樱花在我眼前纷纷飘落;当我经过桃红柳绿的岸,你的船刚刚离开。

窗外传来熟悉的鼓乐声,又有人再也等不到下一个春天。在难以说清的无常里,谁也猜不到下一秒发生的事情。

我们早已失去挥霍时间的资本,能握住的只有当下这一刻。我把每一天当作最后一天来过,毫不吝啬对你说爱,只因不想留下永远的遗憾。

泪水,突然而至。

鼓乐在继续,我的心早已飞向了你。

191.

你站在夜空下,看我点燃文字的烟花,腾空而起。烟花是寂寞的,灿烂过后就消失无影,而文字却会留下来。

当你老了,重新翻阅这本尘封的诗集,你浑浊的眼神会不会突然变得光亮?恍然大悟,原来有个女子曾这样用心地爱过你。

那个时候,我又会在哪里?

也许,我会捧一颗不肯老去的心爱着你;也许,我已失忆却能认得你;也许,我已完成任务离开这里,去另一个世界继续护佑你。三种可能。我选择拒绝老去,依然爱你,这才是我想要的结果。

淅沥的冬雨,一声比一声急促,想到有一天的分离,心自动破碎。还是切换频道,播放思念的乐曲。

就这样把你藏在心里,时刻用爱供养,那里有鲜花有月光有美酒有惊鸿魅影,还有你的渴望。从今天到无数个明天,你若不弃,我必相依。

192.

今日,小雨转多云。

我在等你的消息,每一秒都如此漫长。心,悬在半空,晃荡着,要等你出现才肯落地。

牵肠挂肚呵,没有品尝过的人不知其味,爱在悄无声息中让一颗骄傲的心走向谦卑。

我在翻检沉睡的记忆,看到千年光阴,漫溢。

心生出双翅,飞翔,时空之门被打开。

在出发的码头,你是远行的旅人,我是送别你的恋人。执手泪眼,千言万语却又不知该从何说起。

"等我。"

"平安归来。"

船驶向烟波浩渺的海,残阳如血。

你一直没有回来,我在守望中凝成了冰冷的石像,直到你与那个黄昏一起降临。

193.

守护爱,是我的责任之一。任何风暴只会让勇者更勇敢,让怯懦者加倍怯懦。我可以舍弃全世界,却无法放下对你的牵念。

雨后初晴,枝叶上的水珠欲滴未滴,被散淡的阳光折射出一种异幻的美。

熬过严冬,春色必将占领人间。我是百花仙子,给你无尽的芳华。

在午夜独自哭泣,天亮后擦干眼泪继续前行。再艰难的路,都有我陪着你。把险阻踏在脚下,在挫折中吸取经验,我们拥有彼此的心神,合二为一,就是新生。看透悲凉,更要热烈去爱,这才是真正的不负此生。

当你无所畏惧,你就是自己的强者。愿爱能赋予你直面惨淡人生的勇气,愿我能给你平静内心的力量!

194.

我有一颗漂泊的心,在遇见你的那刻,尘埃落定。曾经的伤痛变成了宝贵的财富,让我学会珍惜与感恩。

爱怎样才能持久不变?植物用它们的生与死告诉我,真正的爱,不是我需要的爱,而是你需要的爱。

掌握了这个秘诀,爱就能长久保鲜。

你在哪里?很想告诉你,我把种子浸在月光里,让它们日渐丰满,等春风起,我要把它们撒在你经过的路旁。一场春雨后,你的视线里就会冒出许多新芽。

我要为你打造一座花园,让你在疲惫时可以坐下来,品茗、读书、听风,看我站在花枝下朝你妩媚地笑。

这是我的一个梦,爱已随风而长,憧憬秋之丰硕。

195.

清晨,走出家门,我在薄云的眼眸里看到你。爱似深潭,我已沉溺,眠于潭底。

旭日东升,田野有雾升腾,梦幻般的景致。我要与你一起漫步,探讨时代与个人命运的隐秘联系,还有对爱的理解。你睿智的见解让我茅塞顿开,这是爱让我成长的一部分。

我信服虔诚的意念,让人心想事成。我要你健康平安如意,这是我爱你的六字真经,日夜诵读,从未间断。真迷人呵,我的脸上浮现奇异的笑容,谁也不知我的欢喜源于何处。

金子般的晨光洒了一地,弯下腰,捡拾,把它们镶嵌在诗集的扉页,送给你。

很想问一句,我在你心里是年轻的娇憨,还是暮色中的背影?我在日复一日的守候中,迎来了渴盼的爱情。

196.

冬天,每一棵树都在孕育新的生命。

凛冽的风,提醒我还需要耐心等待春的来临。充满希望的等待是幸福的,人最怕内心荒凉,寸草不生。

你又走进我的梦里,看游鱼戏耍树的倒影。你附在我耳边细语,春风就唤醒了冬眠的大地。

等天亮,就像等一场遥遥无期的约会。我知道,天会亮,你也会来到我身旁。

好想成为你衣服上的第一粒纽扣,扣上,不让寒意潜入你的肌肤。抑或是一条围巾,那里有我真情的温度。

冬雨淅沥,若只有一把伞,那就给你。若没有伞,我就跟你一起奔跑。

无数个夜晚,你与我在心里安居乐业,在白开水里加点佐料。我要蜜,你递给我一瓶醋,看我在那里顿足,你在嬉笑。

197.

每个人都有自己必须要走的人生路,谁也无法替代。所有的经历,都是该经历的,难以逃避。这不是宿命,这又是宿命。

我的每一天,因你而充满惊喜。即使身陷迷阵,爱也会让我们找到正确的方向。

在现实与梦想之间找一个平衡点,任何事物都有各自运行的规律。学习生活内在的哲学,那微妙的疏离与紧密的联系。

我要去高山之巅,摘下这朵光彩夺目的爱情之花献给你。

让我们从水的广度里,获得大智慧。以柔克刚,缓慢而有力的浩荡,扫平前行的障碍。

我爱,所有的荣光背后,都有着不为人知的痛苦,一个选择就结一种果。就像爱,飞扬的激情只能存在一时,唯有和风细雨,才能在不知不觉中润泽心田,遍地旖旎。

我爱,所有的荣光背后,都有着不为人知的痛苦,一个选择就结一种果。就像爱,飞扬的激情只能存在一时,唯有和风细雨,才能在不知不觉中润泽心田,遍地旖旎。

198.

我的梦从遇见你那刻开始就没有停止过,梦越多,我越确信,你我的缘绝非简单的一笔。

昨夜又是一个情节曲折的梦,有悬疑,有希望,似跟你有关,又好像跟谁都无关。当我想去探究,一切又杳无踪迹。我在思索,似乎就差那么一个环节,就可以把所有的散珠都串起来。

我爱,你与空气、饮食、洁净的水源同等重要。当你的名字从我的唇间滑过,我的心就充满了蜜意,连风都变得轻捷起来。

爱情中的女子,她的脸有柔和的光泽,眼里不再有锋芒,看世界的目光充满了悲悯。

把喜悦隐蔽起来,又抑制不住泄露春的信息,爱让我变成了孩子,把快乐捧在手上,一会儿放下一会儿又拿起。

我在等,等一场春雨过后,以满山的杜鹃花为嫁妆,走向你的草原。

199.

再阴沉的天气,有花朵就亮丽。

曾经,我以为"牵肠挂肚"不过是加工过的成语,"朝思暮想"只是夸张的形容,可你却让我感受到爱就是由无数个这样的词语组成。一直自信要用最新颖与丰富的语言来表达我对你深深的爱恋,可一次次发现,爱贯穿古今中外,那些高峰我无法超越。

我能做的,就是在文字里天天见你,把你的一切都收藏在心的宝库,我就成了世上最富裕的财主。怕被人偷窥我的财富,我只在月光下打开,一个碎片就能让我从深夜回味到天明。

不要忧心爱的束缚,你是来去自由的风,是我爱的象征,无人能替代。

日历又翻过去一页,时间快得让人不敢相信,可有时又觉得那样漫长。我爱,这一切变化皆与你有关。

200.

又是一个剧情复杂的梦,你就是那条主线。这一定是某个远去年代留存的档案,在此刻激活,让我再次验证你我的渊源。没有人会相信梦的真实性,可一个声音在我耳边反复申明,所有的梦见与所有的遇见,有着相似的路线。

我想把你的照片贴满空空的墙面,这样,无论从哪个角度都能看到你。深沉的你,快乐的你,忧郁的你,英俊的你,痛楚的你。一个立体的,有血有肉有温度,有强有力心跳的你。

每一个你,我都喜欢。

"你陪我一程,我念你一生。"心,突然就酸了起来,似乎我已到了尽头。爱于我不是减法,而是加法和乘法。只要想到有你,我的祈望就被延伸与放大。

没有坎坷不可逾越,唯爱让我顾盼流连。

201.

从一个空间穿梭到另一个空间,我在天亮之前,收集各种元素,分门别类。我怀疑自己还有另一个身份,那身份只有在梦里才能发挥作用。

是不是很神奇?

我爱,我在现实中做梦,在梦里体验真实的生活,我所有的愿望一旦出口,必能生根发芽。

珍视你对我说过的每句话,把它们串成项链,珍藏。我是爱的守财奴,夜夜捧着情的珠宝欣赏。

乍暖还寒,好想给你一个温暖的拥抱。你是我的相思呵,日积月累,等有一天打包送给你。

不要笑我天真,在爱的领域,我是懵懂的初学者,有太多的奥秘需要用心去探索。这漫长的教程,我拒绝毕业。

在爱的过程中,懂得如何去爱,用行动去实践生活真理,这就是我的收获。

202.

你的声音远远近近传来,却不见踪影。

有人指路,曲径通幽;有人在讲故事,我听到你的名字一闪而过,不由停下了脚步。

不想漏过跟你有关的任何信息,直接或间接,只要关于你,我就如获至宝。

我在人群里寡言,在你面前絮叨,有关爱,有关生活,还有无数衍生出来的话题。有太多的话想跟你说,我怕某一天别离,再也没有诉说的机会。

我不想留太多遗憾,只想在爱的时候好好爱,在可以表白时说出来。请谅解我的直白,缺少了含蓄的美。可如果我不说,你又怎么知道我的心百转千回,朝着你来的方向。

爱你,当我对你说出这两个字,你的心海就会有激情的浪花拍击堤岸,经久不息。

203.

把黑夜折断,我是迷途的羔羊,只有你才能让我找到水草丰美的绿洲。

不要离我太远,太远心就无处着落。我也无法离你太近,银河冰冷,鹊桥尚未搭起。就这样遥视,一个灵魂追随着另一个灵魂,相互照耀,彼此温暖。

我是你爱情原野里不灭的星火,点燃,绵延千里。

你目光聚焦,看我在阳光下怒放。你低头沉思,我在月光里止语。我的人生由一个又一个小梦想组成,而爱是我最想实现的大梦想。

爱你,却从不曾想过要依附你,我的爱一直独立于红尘之外,任何人都无权质疑我的真情。

这是我的自由,与世俗无关。

204.

爱越深,越不能握得太紧,这是流沙告诉我的哲理。可我不想少爱你一点,只因我们相遇太晚,余生太短。

我爱,有一天你会不会落荒而逃,因为爱的浓烈?一旦炽烈的爱熄灭,那会是怎样的死寂?悲伤排山倒海而来,幸福都是短暂的,唯苦难才是真实的底色。当我揭开生活的面纱,心豁然开朗。

倘若这是一道二选一的题目,我就选欢喜作为今后的主旨。欢喜地活着,哪怕明天就要告别。欢喜地爱你,即使最终你仍将转身离去。双手捧着当下,左也欢喜,右也欢喜。

心无障碍,天地就开阔,爱也如此。

窗外,东方已发白,没有听到鸟鸣声,不知道鸟儿飞哪里去了。好羡慕它们有翅膀,可以随时去看你。昨夜,你可梦见我放飞的繁星,宝石般璀璨?

205.

我在一朵花的静默里爱你。

尘世的流水一次次清洗岁月的底版,你是唯一的留存。天地在空寂里分娩,又在喧嚣中走向轮回。你是爱的核心,无论容颜如何变换,我依然能在人海中认出你。

夜越深,你离我越近,我在芳香里接纳你,让词语在指尖跳跃。如果你弯下腰捡起滚落的那个字,你会发觉,这是人类终极的目标。

当我闭上双眼,就能听到花开的声音。当我想你时,我就能听到爱的回响。

我喜欢歌吟爱,这跟现实无关。爱,是内心的需要,它代表美好、温暖与纯洁。任世间过客匆匆,花开花落,我就是你栽在路边一棵开满花的树,朵朵都是爱的欢喜。

206.

黎明伸出一根手指,放在自己的唇上,做了一个噤声的动作,天空就有了暧昧的色彩。

一条江醒了。

晨风里,我走向你,你走向了壮阔。

远方的海掀起惊涛骇浪,这是一种诱惑,平淡或精彩,在于你做出什么样的选择。

有船在江上犁出一条路,岸是它的终点。你也是我的岸,让我的爱之舟停泊的岸。

我日日观察树枝的变化,期待春的脚步。你说过,要和我在花前饮酒吟诗,在暖阳里,我们一起微醺。

话音刚落,我的眼里已鲜花遍地。

为了迎接你的到来,我积极侍弄花草,松土、施肥、修剪,把不同品种的花进行排序。植物跟爱一样,越用心维护,越茁壮。

给你发条信息,飞向你的每个字都带着我的体温。你收到了,请把它们镂刻在心壁,不要随意抹去。这颗真诚的心,一旦丢失,就再也找不回来。

207.

在午夜奔跑,从田野到山道,追寻你忽隐忽现的踪迹。我想抓住什么,又空着双手。当我变成一把剑,刺穿黑夜,东方已微露曙光。

在纸上,反复书写你的名字,似乎写一次,你的心弦就被我拨动一次。你若把每个音符串起来,就是一首首缠绵的情歌。

我常常恍惚,分不清虚实。这是我一个人的自言自语吗?不,这不是我纸上的爱恋,当我贴着你的胸口,就能听到你有力的心跳。

总想许你美满,那带着草木香的热吻,痴情的眼神,火热的词语,都给你。

一滴泪从眼角滑下,明知这是幻梦,可我仍愿意在爱的过程中,尝遍百味。

208.

守在乡村一角,我的烟火生活烙有诗意的特质,你走进来,就能感受我爱的方式独树一帜,谁也无法模仿。

当我站在高处审视爱,不同角度,有不同的解读,深奥而不肤浅,广袤而不狭隘。

我在呼唤三月的春风早日抵达,想提前给你一个初春的吻,那是青草与鲜花混合的味道。我在紫罗兰的花语里等你,有关忠诚、幸福,梦中的爱。是你让我重回少女时代,爱你的不是我,是另一个天真的女孩,她那颗饱经风霜的心已被你的爱修复如初。

在幻想中一天天深入,你的忧伤就是我的忧伤,你的痛苦让我感同身受。你的快乐太少,我想把自己的笑声分一半给你。当我的眼里只有你,世界就变得极其单纯,所有的复杂都跟我无关。

当我把爱给你,爱就环绕在你身边,葳蕤成别样风景。

209.

冬季不甘心这样退场,想趁春天占领大地之前,来一场漫天飞雪。我爱,我要与你手牵着手行走,一起白了头。多么浪漫,雪地上,两行脚印,一行写着爱,一行写着情。

这世上不会再有比我更爱你的女子,我可以自信地在你人生的这本大书里提前写下结论。

我是如此迷恋爱你的感觉,你从未吐露真实的心曲,但我知道,你的心里有我若隐若现的倩影。我沙哑的声音渐渐变得轻柔,心充满细密的乐趣,像生命在接收阳光抚慰时绽放的华彩。

游走在暮色中的老街,我像一阵风,想去探究你的动向。那只从水面快速掠过的白鹭,惊醒了我,我无法捕捉它的飞翔。天有些阴冷,我站在古老的桥上,等你。

何时,你才会与一江春水一起出现在我的面前?

210.

从香盒里抽出一支香点上,一个人的时候我喜欢喝一杯咖啡,不放糖,清咖。花瓶里的花朵保持开放的姿态,琴声行云流水般在室内回荡。

这是我喜欢的时刻。

梦里有春风吹来,打翻春姑娘的调色盘,一地绚烂。桃花开满山坡,却没有一枝属于我。

我不知你何时出发,来到我的庭院,于是把每一天都当作你光临的节日。我有好多话想跟你说,又怕见到你时,因欣喜若狂而忘了最想说的那一句。

你伫立的地方,连空气都变得甜津津起来,生活以从未有过的温和面目出现,让我热爱。

就这样远远地看着你,心却无比安宁。我所追寻的精神之爱,只有你才能给予。黯淡的岁月因爱而敞亮、明媚。

211.

我一次次回望我们在不同维度的交会,找到那个无形的空间,那里储存着我们累世的爱与别离。今天我所经历的一切,既是重温,又添加了新的内容。

冬还在值守,可我的世界早已春意盎然,这一切都跟你有关。原来,你才是我的春的信使。

当你点亮我的心灯,我就再也无惧夜的黑。真挚的爱可以给人以正的能量,而不是相互消耗。倘若我只能在纸上与你日夜相守,心也是雀跃的。

在世人面前,我是个不解风情的女子。只有我明白,我风情的结只有你才能打开。

好想去敲你的门,又怕惊飞了你梦的蝴蝶。还是去煮一壶好茶或备上淡酒,等你来。

你若来了,我们就围炉而坐,先吃一杯酒,再来品茗,谈诗,看烟火人间。

212.

仰视莲台上的古石佛,有沉积千年的香火痕迹。

把手掌覆在石佛的手背,接收神秘信息。也许,我曾是佛前的一朵金莲。

闭着眼,祈祷。

倘若佛的福祉只能给一个人,我会恳求他赐福于你。我知道,佛一定会听到我的心声。

站在高台,看被雪粉饰的原野,泛着奇异的白光。似幻象,随时都会消失,但大地明白,雪曾经来过。就像我的心时刻牵挂着另一颗心,无论前路如何莫测,爱都会引领我踏上一条只属于你我的坦途。

当你失眠,你就走进我的梦里,放飞真实的自己。你所渴望的,爱恋的,都能实现。我早已分不清虚实,我只清楚,我在爱,如此缠绵。

我不想那么飞速地走完爱你的旅程,我要缓慢地爱着你,不浪费一分一秒。当我们在一起,可以听到月光一滴又一滴滑落心湖的声音。

213.

今夜,有雪将至。

想起"白茫茫大地真干净"那句话,也许天亮之后,田野银装素裹,迎接我目光的检阅。

好想和你去踏雪,让雪花落在我的眼睫毛上,等你的吻来融化。或者一起去看雪中红梅,我要身穿红裙,在雪地上奔跑。你会不会想起千年前放生的那只白狐?耳边响起了歌声,我在悠远的时光深处为你翩翩起舞。

寒冷的夜晚,眷念是跳动的火焰,在黑暗里摇曳。在这个时间节点,你在梦乡之外,抑或跟我一样,一人独饮?当我举杯,我就醉在爱的沙滩,任海浪滚滚而来。

拿起笔,我在纸上涂抹你的眉眼。我要把这张纸锁进保险柜里,等百年之后,才会有人知道我深爱着谁。

214.

人生被分为若干个阶段,包裹在不同的糖纸里。剥开品尝前,谁也不知道是什么滋味。

抽一张塔罗牌,我抽中的恰好是我心里想的。谁能说得清有多少游戏,是偶然中的必然,必然里的偶然?

平淡的日子,因爱而醇厚。你在我心里越来越立体,掩饰的凄伤,挣扎与无助,让你的心千疮百孔。我手捏一枚绣花针,抽爱的金丝,日夜修补你的黑洞。漫步字里行间,我的心想要什么,眼前就会出现什么。

我是个爱幻想的女子,在你面前,我愿一直单纯如初。

世人都说,不可爱得太满,一旦失去,就是无情的幻灭。可我从未想过要有所保留,这非刻意,而是本性。

爱你,我的心是透明的,没有丝毫掩饰。当我让爱从狭窄中跳出来,我对你就有了不一样的意义。

215.

我在等你,日历来来回回翻了很多遍。

你还没有来,也许是风雨牵住了你的衣襟。独自徘徊湖畔,那一湖山色,给我许多画外之音。

梅开得正盛,桃花还在沉睡,可我知道,你会与春风一起敲响我的柴扉。你看,插在地上的枯木已有返青的迹象。被野火烧尽的荒草,有嫩芽即将破土而出。

我坚信你我从未离散。即便我们以不同形式,在不同时空,仍有相似的气场。

爱,无法用正常思维去考量,它让人痴迷,神魂颠倒。也只有爱,才能确定缘那条神秘的线背后,有着怎样的故事情节。

我的变化由内而外,如此明显。我可以瞒过世人,但瞒不过自己。我爱,所有美好,源于你,归于你。

216.

田野上,雪与植物达成某种共识。想你生命中的过客,或深或浅,有几人能偷走你的心?

独自站在窗前听雪,寂然无声,又有细微的动静,似爱初起时微妙的契机。一句话或一个动作的触发,心就突然解除了戒备。这一刻,我已等待太久太久。

把窗户打开一道缝,请月光进来,书桌上有我写了一半的信,我想跟你谈谈这场雪。如果错过了,又要等一年。

当我想你时,梅花落满了山冈。我的脑海里反复出现这样一句话,我把这句话告诉了你。

还告诉你,我看到梅花在风中恣意,看到有花朵飘落在青石上、溪流间、草丛里。看到你披着黑色的斗篷,穿行在一棵又一棵梅树下,有一枝梅挡住了你的去路,你想伸手去摘一朵,送给我。

217.

我的爱源于天性,有着孩童的纯真,没有衡量标准,一切听从心的命令。心说爱,我就奉献给你情的热烈,书写爱的传奇。

趁雪后初晴,去梅林。花的海洋,红与白的争相斗妍。无数的香蜂拥而至,让我迷醉。我像个贪心的孩子,把花朵收纳怀中,让自己也沾染一身风雅。如果你给我拥抱,就能触摸到那香里的风骨。

这个季节,梅是主角,风霜雪雨都阻挡不了她的怒放。就像缘,成熟的刹那,隔着千万条河流,我都能看到你的身影。

春天已在来的路上,山野的各个路口,桃李们蓄势待发,只要你开口,她们就会争先恐后地奔向你。那一刻,你眼里的春色,有着厚重的意味,新生与凋零,各有各的从容。

218.

黑夜,一只无形的手撕开我的心,窥探。

现实的灰暗地带,长满忧伤的花朵。触碰,揪心的疼痛。有一种伤口,永远都无法愈合,无人看到我笑容背后的泪水。

燃烧,成为光,哪怕下一秒就要被熄灭。

风驻足高处,嘲笑我的无知。在命运的棋盘里,谁不是一枚无可奈何的棋子?

泡影虚幻,经不起半点尖锐的针刺。沦陷、崩塌与坚守、救赎,在纠缠中较量。大寒之后必是春天,我赤裸着双脚,该如何涉过那忘川之冰?

翅膀低垂,沾满了霜雪的重,飞翔成了遥远的梦想。

生活呵,有多少温情脉脉的面纱,就有多少残忍的真相。摊开双手,空空的掌心里只有纵横的纹路,这是命定的轨迹吗?没有人回答我的疑问。

时光的沙漏在快速吞噬生命的能量,它不会等我,抛弃它或被它抛弃,没有第三种选择。人生牌局,无法推倒重来,我又该如何走好余下的路?

在梦境里辗转,呐喊无音,遍地黄沙掩盖绿的生机。再没有比天地死寂更为可怕的场景,摧毁意志的防线,让我的灵与肉瞬间分离。

有多少人在今夜死去,又有多少人在黎明清醒?

219.

当时针划过十二点,我一脚跨进了春天。

我爱,给你新春的第一声祝福。

杨柳刚刚萌动,枝条已迫不及待,借积蓄了一冬的力,破壁而出。呼啸的北风收起了凛冽,变得温和起来。而海棠的花蕾一天比一天鼓胀,她要选某个吉日,隆重登场。

我要为你写下一首又一首情诗,比夏日更酷热,比秋季更丰满,比冬天更厚重。

为此,我备下了厚厚一沓诗笺,笺角有淡雅的小花,当我执笔书写,笔尖与纸摩擦,会有隐约的香飘拂而来。

一天一页,最后装订成册,我要把它装在特制的木盒子里,写上春的心语,送给你。你在不同时段阅读,会有不同的体会,那里有期待,有惆怅,有浓得化不开的深恋。

这是一个爱你的女子真实的心路历程,你是旁观者,又是参与者。你一边翻阅,一边看原野烂漫。

220.

激情飞扬的早春,一切都势如破竹。爱也如此,根深埋地下,日夜拔节,在你不经意间,长成参天大树。

我已开启春的模式爱你,你需要什么,我就给你什么。春风、春雨、春花,甚至唤醒大地的春雷,都愿意当我的使臣。

有你的日子,世间万物皆成春色。我爱,当你真心爱一个人,整个宇宙都会围着那个人转。那是一种极其美妙的感觉,你爱的人在你的眼里心里呼吸里,融为一体。

桃花还没有开,而我的那朵桃花在你抬头看我的第一眼就悄然含苞,这是一朵永生花,永远鲜艳如初。

当我写下这一切,鸟雀都争先恐后地叫了起来。它们说,被爱滋养的女子会返老还童,不信可以去问魔镜。我在镜子里打量自己,脱胎换骨呵,似乎我才刚刚降生,你就是我的初恋。

221.

去野外寻找四叶草,想把它送给你。寻寻觅觅,遍地的三叶草丛里,没有我想要的祝福。

三叶草笑着告诉我,其实它代表的是希望、信心与爱情,而我就是你第四片幸运的叶。这完美的解释,正是我心里的愿望。

倘若不能专注微小,又如何去营造宏大?而爱的坚固或崩塌,就在于微小的暖或寒意的累积。当细雨潜入每一寸土地,爱在一粥一饭中;当我成为你无法割舍的现在与将来,我就能身生双翅,逾越无数的夜。

前方,水杉与水中的倒影相互倾慕,同生共死。爱投射的光,最终回到你自己身上,这又何尝不是一种美好?

我爱的男子,当我凝视你,你也正好回望我。这个故事已经开始,你写一半,我写一半。

222.

我已经记不清有多少个早晨,耳朵里传来这相似的鞭炮声与齐鸣的唢呐声。一个生命结束,必有另一个生命诞生,生生死死的循环轮回。

我在调整等你的姿势,春讯还没有完全放开,我已提早到达。你让我的岁月没有了分界线。若一定要标注,那就是恒温。

我爱,幸福于我就是想说爱时,可以对你说爱。我发送的每道电波都不会落空,你是专用的接收站。把爱情储存在芯片,具有自动扩展空间的功能。

窗外又恢复了平静,似乎从不曾有过喧哗,田野里有隐约的动物鸣叫声,我一直不清楚它的身份,似蛙非蛙,谁能听懂它在说什么。也许是一种呼唤,在寻找它的同类。

奔赴山野,春风被我甩在背后。它惊讶于我的速度,说,爱真的可以让人无所不能。

223.

我要把这世上最美好的东西都给你,比如爱和阳光,比如善良与真情。

气温仍停留在冬的水平线,我早已畅游在春天里。大地紧跟我的脚步复苏,变得松软。一树嫩绿的新叶让我明白,最强大的不是刚,而是柔。

以柔克刚。此柔,非软弱,非阴柔,而是沉淀在骨子里的韧性,是绵长的气场、有底线的包容,是涵养、学识与收敛刀锋的沉着。在我眼里,你就是这样一个侠骨柔肠的男子。

我把你的名字转换成数字,找到你命理的秘密,看到你的未来充满光明,我如此欣喜。

我相信意念的神奇,我的爱也是一味药,治愈你心的创伤。所有的果,离不开积存的因。

守一个承诺,等你,在惠风和畅里。

224.

午夜的最后一句话是给你的,我相信你一定已听到。当两颗心被完全打开,没有遮掩,时时都会有感应。

念着你的名字入眠,这样我就可以梦见你。我试了多次,你每次都应约而来。我在猜你的梦和我的梦有哪些重叠的内容,可惜你从来不说,让我无法验证。

在梦里,你是我爱的书生。我们月下相会,你在墙外,我在院内,以琴音传心声。当我叫你相公时,你再也无法将我忘记。

万籁俱寂,只有一颗沉浸在爱河的心在扑腾。倘若有一天你剥夺了我爱你的权利,那将是最残忍的决定。

不,我不要从天堂坠向地狱,那里有无尽的黑、令人窒息的寒。我要在春的原野,为你铺一地锦绣,让春风带走你的烦忧。当你登上峰巅,春给你一个特别的奖赏。

225.

春雨在敲我的窗,急促。

拉开窗帘,天还没有亮。春风探出脑袋,说你刚从梦中醒来,问我有什么话想带给你。我在纸上写下:春风千里,不及在你怀里一梦。

其实,我与这个梦的距离何止千万里。可我并没有太多的惆怅,因为当我在爱时,我就拥有了你。

我经常出现幻觉,你推开那道门,微笑着进来。你的笑容带着魔性,令人迷恋。

你还记得我们在旷野交换的誓词吗?我说生死相依,你答不离不弃。从此,爱就在你我身边。

趁着天光微亮,我要去路边等你,可又不想被你发现。当你的身影出现在路口,我就躲在竹林背后,目送你从我身边走过。

226.

好想听听你的声音,我的耳朵已多次幻听。我在梦里进进出出,就为了寻找那磁性的源头。这声音越来越有魔力,让人沉迷。

此刻,你是醒着还是在梦中?这黑暗中的异动,一定让你有所察觉。你不曾跟我说过你的梦,也不曾提起是否梦见过我,我只能在遐想中补充这些空白的段落。

我爱,礁石承接浪花,在疼痛中相拥。云爱上了风,追随,天涯不再远。

我在想你,不惊扰任何一个人,包括你。想你,我是充实的,又是灵动的,随时都能轻歌曼舞。只要听到你的只言片语,我的心马上就会飞起来。

这是脱离沉重的轻盈,非亲历者不能体会。

227.

我没有告诉你,有一个动作,在睡梦中屡屡出现,我像风一样飞向你。爱让我变成了梦游者,一个不会长大的孩子。

我与你共赏沿岸江景,江面有水鸟翻飞。记不清同船人的面容,只记住了你,还有船飞驰的速度。我去翻书,看看有什么解释。

脚步太快,我要让生活慢下来,这样才能区别今天之叶与昨天之叶的不同,今日之花与昨日之花的变化,今天的你比昨天的你让我有更多的爱恋。

在生活中沉淀,让情发酵,为你酿一坛美酒。不让你醉,但你也不想放下手中的酒杯。

我是月的女儿,给你绵绵不断的温润之气。当你我的磁场相互交融、影响,命运之轮呼啸着盘旋而上,那里是一个更为广阔的新天地。

228.

爱化作春雨,加速我全身细胞的更新换代,让我的脸上有无法掩饰的柔美。我的目光变得多情起来,那里泛着春水,水波里荡漾的是你的影子。

走近与走进,一字之差,却有完全不同的深度。走近容易,走进难。自你进入,我的心门就自动闭合。

我爱,我是个勤快的农人,春耕已排上议事日程,种子也已备好。我要种三亩田,一亩种花,一亩种菜,一亩种水稻。我把秋天的果实都冷藏起来,等你来品尝。我观察过一棵又一棵树,它们跟我一样,在等待中欢喜,在欢喜中等待。

另外,我还定下了一场又一场花事,你既是主人,又是我唯一邀约的嘉宾。

你会奖励我什么呢?

我要陪伴你,从当下到未来。当我满头银丝,我也要温情脉脉地对你说,爱!

229.

一夜之间,海棠冒出星星点点的花苞,喜庆的红,契合新春的气息。而瑞香进入鼎盛期,这是一种用尽全力的怒放,不辜负,不后悔。

视爱为生命的女子,爱你的完美与缺陷,爱有你的光阴,爱遇见你之后温柔的自己。

枯枝已萌发新芽,坚硬的生活被瓦解。阳光下,土地一派欣欣向荣,阴郁随风而逝。

季节发出了指令,密码是"新"。

纵然云层遮蔽了蓝天,仍有光能穿透铅灰的阻碍,抵达。

城市的某个垃圾筒上遗弃着一束蓝色妖姬,爱若得不到回应,再多的情也如落花流水。

思念如此真切,我时时感受情的颤动,那根弦,自发出第一声和鸣,再也没有任何改变。

230.

除夕,出奇地安静。

只有灰的天,等待舒展枝叶的树,返青途中的草,缄默不语的河流,还有我心里的你。我爱,你可以随时切换我情的频道,让我激情澎湃或幽静如莲。

我的视线滑过一朵又一朵开得正好的花,这是热爱生活的一种表达方式。

昨夜梦中,有狼烟四起的战场,急驰而过的马蹄。你是身经百战的将军,我是苦恋你的爱人。

旧年的篇章,即将画上句号。结束,意味着新的开始。

爱与生活,是人生的两大主题。

在平淡里守望,遥不可及的距离写就爱的奇迹,任何变幻都跟你有关。

万物是你,你是万物!

滴水可以穿石,滴水也能成河。

一本空白的笔记本在盛夏被打开,在今日轻轻合上。

最后一页写着:未完待续……

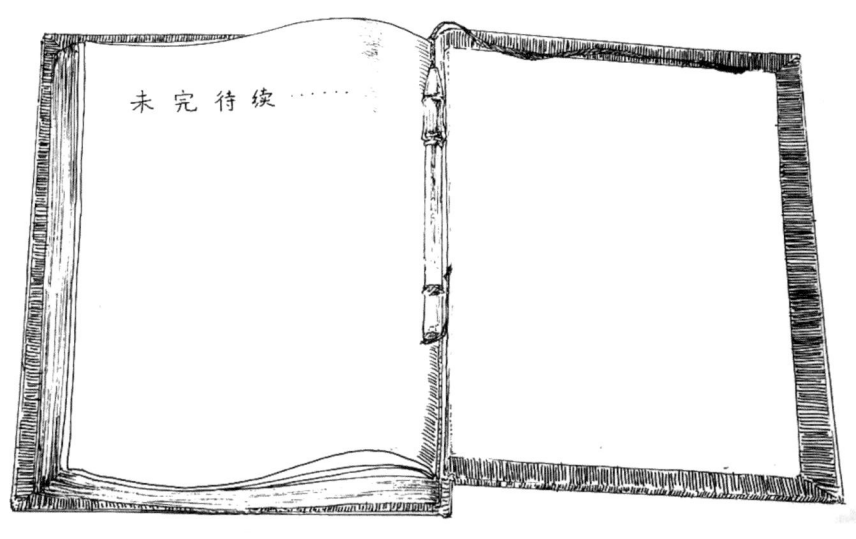

万物是你,你是万物!滴水可以穿石,滴水也能成河。一本空白的笔记本在盛夏被打开,在今日轻轻合上。最后一页写着:未完待续……

代后记:爱的某一种解读

写散文诗多年,写过的题材不少,最受读者欢迎的还是我的爱情散文诗。20世纪90年代的一本《无题的恋歌》,就因为这"恋"而成为那时许多人记忆中的一抹暖色。

从青春年少到年已半百,再写爱情散文诗又会有什么样的不同呢?结果发现,自己的心仍属"少女"。我对爱情的歌吟,依然是古典的、诗意的、专一的。要么不爱,爱必深情。

原来,这么多年,无论我的人生经历了怎样的风霜雪雨、挫折磨难,我对爱情的理解一点都没有改变。我并没有变得世故和精明,任何时候,我对爱都充满了美好和天真的向往。我坚信,这世上一定会有这么一个人,值得我那样去爱。倘若没有,那我就在纸上一往情深。

也许这样的爱情在很多人眼里已经落伍了,或者说太落伍了,可我仍愿意坚守这份"落伍"。人生来孤独,每个人都是一座孤岛,而爱是孤岛连接陆地唯一的一座桥,所以我们才如此渴望亲情、友情、爱情。

倘若一个人从没有得到过爱,也从未被人爱过,那么即使有再多的财富、再成功的事业,他的人生也是残缺的,他的内心一定会有一个永远都无法填满的黑洞。

《万物是你》是我的第一本纯爱散文诗集,一共230章,根据时间顺序来写,类似于日记体。虽然自古至今,描写爱情的诗文太多太多,我想写出新意来难度非常大,更不用说超越了,但有一点我觉得我可以做到,那就是写我理解的爱情,我渴望的爱情,我愿意为之去践行的爱情。对我来说,写作过程就是一个体验爱的过程。心动,文字才能动人。

这本书,是我利用早上醒来或午夜入睡前的时间,在手机上写的,一天写一段,所以梦境、夜色和黎明的意象反复出现,我记录的是当下每一个对爱的感受。

有人说,爱情的保质期只有三个月。我也想过要不要编一个爱情故事,分为相遇、相知、相爱、热恋、别离这五个章节,可最终还是放弃了这个想法。我认为,爱若起于激情,毁于平淡,那样写出来没多大意思。我的爱是日日新鲜的,每天像初恋一样去爱,就不会过期。

当然,我也知道,这种爱情观太理想化。但人活着,不应该有理想吗?万一实现了呢?于是,我冒险采用了现在这种写法,从开始到最后,是一个女子对爱一直保持的炽热温度。沉浸于风花雪月与人间烟火当中,她在付出与获得,在爱中成长,领悟生命的深邃。我想,这本书的读者,必定有一颗安静的心,他或她一定是对爱不会厌倦的人,不然恐怕没有耐心读下去。

爱,一直存在。只是现在的人越来越现实,对爱附加了各种条件和细化标准。那种纯粹的爱不多了,特别是"生死相依,不离不弃"的爱,更加遥不可及。

如何去爱是一门大学问。我写我梦想的爱,坚信真爱不会离开,离开的都不是真爱。也许今生我的爱情只能停留在纸上,可又有什么关系呢?爱,说到底是一个人的事,与他人无关。

我认为人世间最美的爱情,应该就是这副模样:

万物是你,你是万物!

　　让更多的人相信爱,追寻爱,拥有时好好珍惜,不轻易放弃,这就是我写这本散文诗集的一点意义吧!

　　最后,感谢宁波出版社的各位老师对我的信任和支持,感谢最初建议我写这本纯爱散文诗集的闺蜜,感谢所有我爱和爱我的人。我走的每一步,都离不开你们的关心与帮助。

　　春天有无处不在的美好,愿我们人人都能找到自己的灵魂之爱,个个被岁月温柔以待!

天　涯

2018年3月30日凌晨完稿

2019年2月12日校定